我將在明日逝去，而妳將死而復生 1

Tomorrow, I will die. You will revive.

text Fujimaru
藤まる
illustration H_2SO_4

Kadokawa Fantastic Novels

鮮血不斷汩汩流出。

那天，一名少女在我眼前死去。

被雨水打溼，浸染成黯灰色的身體終於放棄了掙扎。

這個發生在世界上某個角落的小小悲劇，勾起了過著平凡生活的人們注意。

看熱鬧的好奇民眾，傾洩而下的黑色雨滴，救護車與警車的朦朧形影。

警笛聲蓋過了四周的嘈雜，劇烈搖晃著這個猶如深海的世界。

最後，不斷降下的雨水沖走了一切。

只剩下少女沖不盡的鮮血。

唯獨這片血始終沒有被雨水帶走。

來不及回歸日常的我撿起了掉在地上的手冊。

是一本破破爛爛的深紅色學生手冊。

照片已經殘缺不全，只能勉強辨識出名字。

夢前光。

是這名已經不在人世的少女名字。

握有光輝燦爛的夢想與未來，是一個充滿光明的名字。
然而，已經是無法實現的未來。
已經結束的故事，無法再繼續下去。
因為，她——

「將你一半的壽命……」

我戒慎惶恐地抬起了頭。
幽暗的人行穿越道的另一端。
站著一個身穿黑色長袍的詭異人影。
沒有撐傘，身上也沒有被雨淋濕。
宛如一株腐朽的枯木。
「將你一半的壽命分給她吧。」
那傢伙說道，彷彿隱忍著笑意。
於是我也不甘示弱。
「儘管來啊，混蛋。」

我想要問她一件事。

從這個世界消失的那個瞬間，這個殘酷的世界在她的眼中看起來是什麼模樣。

Tomorrow, I will die. You will revive.

CUT1

今天我出現在西瓜田裡，記憶卻消失了

「我失去記憶了。」

「你是晚上跟女朋友火熱到失去記憶嗎？真是拿小混混沒輒！」

「請妳認真聽我說，我是真的失去記憶了。」

「為什麼你死都不喊我老師？真是拿小混混沒輒。」

「老師，玩笑先擺到一邊，我是真的失去記憶了。」

「真是的，怎麼會長成這副兇狠的模樣。真是拿——」

「我真的要扁人了喔。」

星期一。

不，不對，今天是星期二。

……好像是。按照我的記憶，今天應該是這星期第一天來學校。

我唯一清楚的是，這裡是我就讀的高中保健室，正在跟我交談的人是保健老師。其他的記憶依舊模糊不清。

「所以呢？秋月同學，你是從什麼時候開始失去記憶的？」

保健老師日雲用清澈的聲音直呼我的名字。

圍巾。

明明已經是春天了，這個女老師卻完全不顧季節感，硬在白袍上披著一條淡藍色的

她的姣好身材與美貌在男同學之間造成話題，鬆開的衣領與交疊的雙腿，儼然是在挑逗。我一向不喜歡這種敗壞風紀的行為，所以對我毫無意義。她從剛剛就不斷擠胸疊腿，拜託不要這麼做了，我好歹也是男孩了。

從窗戶吹進來的春日薰風搖曳著她那頭過長的秀髮，保健室瀰漫著一股清涼的芬芳。不行，不行，現在不是思考那種事情的時候，真的不是那種時候。

「我沒有星期一一整天的記憶，星期大就寢後，一醒來就……」

「一醒來就？」

「人就在西瓜田裡。」

「……唔。」

忍不住有種說錯話的感覺，但這是實話，我也是出於無奈。

而且更奇怪的還在後頭。

「於是我滿頭霧水地回家沖澡。雖然已經完全遲到，但還是決定來學校，結果卻發現已經是星期二。」

「呃，你是說你沖了西瓜澡？」

「我才沒有那麼說。」
星期日晚上就寢後，卻在西瓜田裡醒來，然後來學校上學才發現已經是星期二。我想沒人聽得懂我在說什麼，因為我也聽不懂自己在說什麼。
「唔，你是不是睡昏頭了？真不愧是校內第一的小混混。」
「怎麼可能啦。」
「那就是喝酒醉囉？真不愧是校內第一的小混混。」
「也沒有。」
「因為長相凶惡的關係啦，真不愧是校內第一的——」
「給我適可而止喔。」
我惡狠狠瞪著這個不正經的保健老師。
她的這股傻勁似乎很受學生歡迎，但我無法理解。其實我也不想找這種少一根筋的老師商量，但我實在沒有勇氣跑到大醫院說：「呃，我失去記憶了，呼嘿嘿。」可以的話，希望這一切只是我搞錯了。
「唔，可是啊，以現實角度來說，把星期一跟星期天搞混應該是最有力的說法吧？雖然也稱不上是現實角度。」
「的確是。」

我明白她的意思，但這是絕對不可能的。

所以我才會找這種少一根筋的老師商量。

「妳仔細聽著，這是今天早上母親告訴我的。昨天我一早醒來後看見鏡子就發出慘叫聲，衝出家門後便行蹤成謎。但是我沒有這段記憶，也就是說……」

「…………」

「…………」

一股沉默籠罩在我們之間。

「那是因為你的長相太可怕——」

「這個玩笑已經開夠了！妳很喜歡是嗎？」

日雲發出陣陣輕笑後，終於露出正經的表情，注視著我的雙眼。

「嗯，如果你說的是事實……」

她重新交疊起雙腿，並用食指抵著嘴唇。

「是失憶症吧。」

「是啊。」

失憶症。

雖然不想承認，但除此之外想不到其他可能。

「唔，失憶症啊。」

日雲用手指撥弄著長髮，想到什麼似的喃喃自語。

「失憶症也分成好幾種，從『這裡是哪裡？我是誰？』這種常見的逆行性失憶，到『只記得把日雲老師推倒前的事情……』這種短暫性失憶，有許許多多的類型。你應該是屬於後者吧？」

「嗯，沒錯。」

「你等於是承認曾經推倒我。」

「拜託妳回到正題上……」

我的記憶沒有完全消失，證據就是自我介紹對我來說輕而易舉。

我的名字叫做坂本秋月。

是縣立櫻姬高中的二年級學生。

是一家四口中的長子，有一個妹妹。

身高一百八十五公分，體重七十出頭。

生日跟喜歡的足球選手是同一天。

興趣是在夏天與冬天走訪各地的廟宇。

生來一副凶狠長相，因此被冠上小混混的污名。

拜此之賜，不但交不到朋友，也無法融入班上。每逢換座位時，看見鄰座的女同學面露哀傷已經是一種慣例。

從國小、國中到高中一路持續著這種飽受歧視的生活，因此讓我誤入歧途，變成名副其實的小混混，無論是在班上、鄰居或是辦公室的老師，地面上的所有生物總是對我投以惡意的眼神。連妹妹都在兩年前說：「不要跟我說話，你這個廢物。」每個人都只會以貌取人。哎，雖然我對其他人的想法不感興趣就是了。

「咦？秋月同學你在哭嗎？」

「我……我才沒有在哭！亂說小心我殺了妳！」

「呵呵，這樣啊。」

我結束這個愚蠢的問題，逕自打了一個呵欠。

有多少人曉得自發性的打呵欠有多麼困難。

「失憶症啊，可是，就算你這麼說，我也束手無策。你的頭部有可能是遭到撞擊，所以不如去醫院一趟吧？」

「不，醫院就算了。」

我不想把事情搞大。

「真是任性的孩子耶。真拿你沒辦法，就先暫時觀察一下狀況吧。」

「狀況嗎……」

雖然完全沒有獲得解決，但現在的確沒有其他解決之策。

嘖，真是沒辦法。

我感到死心，從疊椅上站了起來。

「我走囉，或許還會再過來。」

「啊，對了，秋月同學。」

啊？我慵懶地應了一聲，並回過頭去。

「你的頭髮會不會太長了？這樣違反校規喔。你剪短比較帥氣。」

「……我是小混混所以沒差啦。」

「真不愧是小混混。下次要再過來喔，我隨時都有空。」

可惡，誰要來第二次啊。

看著用雙手擠出乳溝的好色老師，我嘖了一聲後，用力關上保健室的拉門。

我走在灑滿陽光的走廊上。

天氣晴朗得彷彿昨天不曾下過大雨。

啊，不對，是前天才對。我不曉得昨天是否有放晴。

現在的氣溫只要一奔跑便會出汗，午休時間的走廊充滿正在聊天的學生。

升上二年級後過了好幾天。

有人繼續待在去年的圈子，也有人建立了新的圈子。

當然，與我毫無關係，硬要我發表意見的話，我只能打著呵欠行經這條走廊。

我發出充滿哀怨的嘆息聲，靜靜打開班上的門。

這個瞬間，幾乎班上所有人都看向我。

接著為了避免跟我對上視線，一個接著一個移開視線。

「唉……」

我的座位在中間那排的最後面。

我坐在自己的座位上，撐著單肘，擺出遮住眼睛的姿勢，一味等待時間過去。啊，

有沒有人願意跟我說話啊——

「吶，真理子說的是真的嗎？」

「啊，好像是真的喔，她被三班的小混混纏上。」

然而，不可能會有人跟我說話，結果只能偷聽大家的談話內容。

「好可怕喔，要是老師管嚴一點就好了。」

「不可能不可能，這所學校的老師個個貪生怕死，像我們班上也是——」

講到這裡，對方不自然地放輕了音量。

是我？是指我嗎？

話說在前頭，我雖然被當成小混混，但沒有找過其他人的麻煩。

難不成是那個意思？活在世上便是一種困擾？

如果是的話，我也沒輒了。哈哈，要去死一死嗎？

「嘖。」

我下意識咂了舌頭，隨即感到不妙。

如同我的預料，坐在附近的女同學立刻起身離開座位，躲到教室角落。

我想要解釋，於是轉過頭去，只見一群女學生害怕地聚集在一起。

我剛好跟一個綁辮子的嬌小女生對上視線，對方以迅雷不及掩耳的速度別開了臉，此狀讓我再次忍不住感到想哭。

「可惡……」

我嘆了一口氣，趴在桌上讓視線陷入黑暗之中。拜託快到放學時間吧。

我感到自暴自棄，即使上課鐘聲響起，我依然趴在桌上，但包括老師在內，沒有任何人敢糾正我的行為，於是讓我更難抬起頭，只好忍受著肩膀痠痛，一直苦等到放學時間。

唉，真累。

一回到家，母親劈頭就罵：「你昨天到底上哪去了！」於是我回：「吵死了，跟妳沒有關係吧！」儼然是反抗期的標準台詞。媽媽妳誤會了，我其實也想要表現得坦率，但一直抓不到機會。

「喔。」

「啊。」

爬上樓梯，準備走進位在二樓的寢室時，剛好身穿制服的妹妹從隔壁房走了出來。

「嗯，妳回來了啊。」

「那又怎樣。廢物不要隨便跟我說話。」

冷淡的妹妹露出冷淡的表情，用冷淡的語氣頂撞我。她那頭齊瀏海底下的雙眼似乎直盯著走廊的另一邊，完全不肯正眼瞧我。

這位是我今年春天升上國中的妹妹坂本雪瑚。

她那嬌小的纖細身材遺傳自媽媽，有著一張端正的長相，跟我完全不像是兄妹。要是她可以再開朗一點，肯定會很受歡迎吧。遺憾的是，她跟我一樣，總是一張苦瓜臉跟缺乏社交能力。

「你今天沒有睡昏頭啊，真是的，區區一個廢物。」

「嗯？今天？」

「請你不要裝蒜，明明昨天引起人騷動。」

「咦——」

昨天是……

「雪瑚！妳昨天有看到我？」

「啊？不光只是看到，還當面跟你說過話——」

「我昨天做了什麼？我在妳眼中看起來怎麼樣！」

我猛力搖晃著妹妹的肩膀，只見她露出困惑的表情。

看來這傢伙昨天似乎有遇見我。

「做……做了什麼？這種事情問自己比較快吧！」

「拜託快告訴我！我想知道妳的想法！」

「啊？想……想法？那是什麼意思——」

「拜託妳！老實跟我說！妳對我有什麼想法？」

「…………唔！」

我露出前所未有的認真表情逼問她，她卻不知為何滿臉通紅，嘴巴一張一合地說不出話來。

「什……什麼想法？那個……呃，長得……」

「咦？」

拜託妳說得清楚一點。

「就……就是長……長得……」

「喂，怎麼了？妳是發燒了嗎？」

她講話吞吞吐吐，於是我撥開她的瀏海，將手放在她的額頭上。

結果像是觸動了什麼開關，她露出泫然欲泣的表情，奮力揮開我的手。

「不……不要隨便碰我，你這個大廢物！」

只拋下這句話，妹妹就躲回了隔壁的房間。

母親在樓下大喊：「你做了什麼好事！」我對此回罵：「吵死了，老太婆！」然後也把自己關在房間裡。那傢伙搞什麼啊，告訴我不就好了。

「唉，真的是……」

我把書包隨處一扔，倒頭躺在床上。

被自己房間的氣味包圍著，莫名一股睡意襲來。

但隨即想起某件事，於是我立刻把書包撿了起來。

「呃，放在哪裡？」

我拿出回家路上在便利商店買的當地報紙，一頁一頁翻著。

喔，找到了。

『瀧王高中女學生車禍身亡』

上頭印著一行粗體字的標題。

是刊登在地方新聞角落的常見新聞。我平常不但不看新聞，連節目表都不看，唯獨這篇新聞不能錯過。

「是叫『夢前光』吧。」

我唸出車禍身亡的女學生名字。

然後拉開書桌抽屜，從裡面拿出一本破破爛爛的學生手冊。我小心翼翼地翻開，在毀損的照片旁印著同個名字。

我回憶起昨天，不對，是前天的事情。

在雨中死去的那名少女。

老實說，那不是值得回憶的事情。唯一值得慶幸的是沒有看見她的臉。我可不想看見人死去時臉上的表情，更何況還是女孩子。

——將你一半的壽命……

一道冰冷尖銳的聲音在腦海中如雨水般降下。夕陽餘暉穿過窗簾的細縫，直接照射在我的臉上。

那傢伙到底是何方神聖。

身穿黑色長袍的詭異人影。

彷彿是在冰冷的雨中產生出海市蜃樓。

宛如小時候作過的夢在現實成真般的模糊記憶。

雖然我對那傢伙放話，但按照常理，這種事情是不可能辦到的。實際上，報紙也無情地宣告了那名少女的死亡。

那名少女已經死了。

那只是怕生的雨讓我看見的幻影。

因為目擊到少女死亡的那一幕，打擊過人讓我失去了星期一的記憶。

單純只是因為這樣……

「我是不是變得怪怪的？」

忍不住脫口而出的這句話，讓我感到沮喪。早知道不要說出口。

我再次看了學生手冊一眼，嘆了一口氣。

「不把……這個東西還回去，應該不太好吧。」

要是報導正確，我手上的這本學生手冊等於是遺物。既然如此，便應該還給家屬，再說我拿著也沒有用處。

可是……

我沒有這個勇氣。

因為，這本學生手冊——

「…………嘖。」

我對著橘色的夕陽咂了不知是第幾次的舌頭，接著不留縫隙地將窗簾拉好後，直接躺在床上。

我不管了，隨便怎樣都好。

一旦置身在安靜的空間，呼吸聲與心跳聲會顯得格外刺耳。

「車禍身亡嗎……」

我喃喃說出這句話，彷彿要讓自己認清，然後閉上了雙眼。

如果現在睡著，我是否還能夠醒過來。

或許記憶又會再次消失。

「應該不要緊吧。」

我像是在說給自己聽，接著意識陷入了漆黑之中。

彷彿是為了逃離今天。

沒問題，一定沒問題的。

「問題可大了。」

「等一下，我正玩到興頭處，這個少女戀愛遊戲滿有趣的。」

星期三。

不對，星期四。

不，星期五……咦？還是星期四？我搞不清楚了！

早上九點過後，正好是上第一堂課的時間，我現在卻人在保健室。

理由一如所料。

「老師，事情不妙了，我又失去了一天的記憶……先給我把電視關掉！」

「再……再給我玩一下！這個角色跟秋月同學很相像耶，像是長相——」

「給我好好工作，笨蛋！」

我不容分說地搶走遙控器，關掉電視。我用這副可怕的長相承受著日雲的哀怨眼神，一屁股坐了下來。

「討厭啦。嗯，從你渾身是泥的模樣來看，又來了？」

「嗯，又來了。」

我再次在西瓜田的正中央醒來，而且日期再次——

「星期四了吧。」

「嗯，是星期四。」

我又失去了一整天的記憶。

「呵呵，昨天很激烈吧，記憶會消失也是無可奈何，真不愧是小混混。」

「怎麼辦？這樣很不妙……」

「咦？吐……吐槽呢……？」

我害怕的事情成真了，而且又失去記憶，而且又在西瓜田。

「老師，老實說妳有什麼想法？這樣很不妙吧……」

「唔，我沒有聽說過每隔一天記憶就會消失，你沒有什麼線索嗎？例如其實你是人造人！」

「人造人嗎？原來如此，這樣就說得通了……」

「奇……奇怪？你現在是在裝傻嗎……」

「哈哈，原來如此，原來我不是人類嗎？」

「對不起，我會認真聽的，秋月同學，拜託你回來。」

日雲將圍巾拉正，從鐵製的書架上抽出了一本書。

「之後我有研究了一下失憶症，但是沒有看過每隔一天就會失去記憶的案例。」

「我想也是。換句話說，其實我是人造人。」

「呃，我都說對不起了啦……嗯，老師我發現了其他可能性。」

「其他可能性？」

日雲深深點了點頭，將那本厚書翻到正中間的頁數。

上面寫的是——

「解離性人格疾患？」（註：D－D，Dissociative Identity Disorder）

「嗯，也就是『多重人格』。」

多重人格。

聽到這個名詞讓我像是當頭挨了一記重棍。

「上面有解釋症狀，『人為了保護自己的精神，有時會封印住悲傷的記憶。這時，被封印的記憶會不經意地藉由其他人格出現。這就是所謂的——』」

「多重人格嗎？」

「沒錯。」

日雲對此點頭附和，並拿起桌上的馬克杯，上面有一行漂亮的字跡寫著「史黛拉」，吸引了我的目光。沒想到她有著這麼可愛的名字，害我增加了無謂的記憶。

「你沒有什麼線索嗎？」

「怎麼可能會有。」

既然如此，我想要封印住這個禮拜的記憶跟剛剛增加的無謂記憶。

「這樣啊，要是一直持續下去的話，你就要小心了。這上面有寫到這種案例，『隨著其他人格出現的時間漸漸超越主人格，身體有可能會被其他人格占據』。」

「——啊？」

讓人毛骨悚然的這句話使我頓時僵住了。

等一下，等一下。

那是什麼意思？那是什麼意思？咦？意思是？

咦？

「是真是假很可疑就是了。總之，先去醫院吧。」

「…………………」

「秋月同學？」

「…………嗚……」

「難不成……秋月同學真的在哭？」

「……還有……」

「咦？」

「我還有……很多想做的事……」

「比方說？」

「想要摸摸女孩子……」

「明明是小混混卻這麼含蓄呀。」

「嗚……為什麼我會變成小混混啊……」

「……看來症狀不輕。」

「可惡……」

之後的事情我記得不太清楚了。

日雲似乎勸我去醫院一趟，但是我的腦袋完全聽不進去。

我踉踉蹌蹌走出保健室，不顧還在上課，大剌剌地打開教室的門，嚇壞了老師與學生，然後又關上了門。

在他們眼中，我看起來像是瘋了吧。我也不曉得自己想做什麼。

我接著離開學校，拖著蹣跚的步履漫無目的晃了一小時。

最後來到那片西瓜田，蹲在地上哭泣。

「嗚哇哇哇哇哇哇哇哇哇哇哇，媽媽啊啊啊——」

經過的路人完全將我當成瘋子。

此時的天空卻是無比晴朗。

等到夜幕早已低垂的時間。

哭乾淚水的我這才垂頭喪氣地回家。

「你很晚耶！到底是在搞什麼，這個廢物！」

「我回來了……媽媽呢？」

「今天去出差。知道了就趕快做飯，這次我會破例幫忙。」

「哈哈，結果我到最後連個孝道都盡不了嗎……」

「啊？」

妹妹繫著圍裙，露出詫異表情，我打量著她全身上下。

不知不覺間有了女人味啊，不過再吃胖一點會比較好吧？

「幹……幹什麼？一直盯著人家看。很……很噁心，不要看了！」

「雪瑚，我能夠當妳的哥哥感到很幸福喔。」

「咦……我……我不懂你的意思。」

「一直以來很對不起。」

「你是腦袋長繭了嗎——唔！」

突然對妹妹湧上一股憐愛之情，於是抱著會被討厭的心理準備，將她擁入懷中。

啊，好溫暖喔。

「啊哇！嗚哇！你……你在做什麼？哥……哥哥！」

「雪瑚，謝謝妳。」

我更加用力抱緊她。

「哥……哥哥……」

抱了大約二十秒，我慢慢鬆開了雙手，只見她的視線飄忽不定，嘴邊掛著一串口水，搖搖晃晃走回房間。

「要……要寫在部落格上才行……不，應該先寫原稿……」

接著妹妹消失在門的另一頭。

部落格？什麼東西？

這件事先擺到一邊，聽見妹妹的話讓我想起了某件事。

「對了，日記。」

我衝回房間，鎖上門。

將已經拉上的窗簾更嚴密地拉緊，然後只憑著木製書桌上的檯燈，我在陰暗的房間中拿起了筆。

翻開桌上的一本全新筆記本，瞪視著雪白的紙張。

……咦……啊……

無論我怎麼絞盡腦汁，腦袋始終一片空白。這種時候把所想的東西寫下來是很重要的一件事，想寫的東西便會自然湧上來。

我將筆劃過紙張的聲音當作配樂，隨心所欲地書寫。

寫給另一個我。

這也有可能是我最後的遺言。

「嗨，你好嗎？星期一跟星期三用我的身體過得如何？

我的身體似乎被你占據了。

無所謂，我不後悔。

對不起，我是騙人的。我有好多缺憾。

但是我只能放棄了。這具身體對家人跟社會帶來了麻煩，所以我決定讓給你。

只是，最後我有一個請求。

拜託你好好照顧我妹妹，是比我生命還要重要的妹妹。

還有，代我向爸爸、媽媽道謝，謝謝他們的養育之恩。

以上，拜託你了。

雖然不成敬意，但我在電腦裡藏了一個機密影片資料夾，你可以自由使用。密碼是『ookiihaseigi』。（註：唸音直譯為「大就是正義」）

另一個我，再見了。

坂本秋月」

「呼。」

為了引人注意，我將寫完的筆記本放在書桌正中央，隨後嘆氣聲便迫不及待地脫口而出。

不後悔。

我不後悔。

我語氣堅定地說給自己聽，然後擦了擦眼角，躺在床上。

不，最後至少要跟妹妹兩人一起吃頓飯吧。

中途改變心意的我，敲了妹妹的房門，與她一同共享晚餐。

洗完澡後，頭腦與身體都顯得遲鈍，這次真的準備上床。

各位，再見了。

做完簡短的道別，我的意識陷入黑暗之中。

那個晚上我睡得比以往還要深沉。

「……星期六嗎？」

然後正常地清醒。

手機的日期告訴我，自己又跳過了一天。

然而，與以往不同的是，我沒有待在西瓜田。

而且，還有一件事。

「真的假的。」

筆記本放在桌上。

但與我原本擺放的位置不同。

筆記本被立在檯燈旁，彷彿希望我能夠閱讀。

我沒有猶豫跟思考的時間。

彷彿受到神祕的義務感催促，我立刻翻開筆記本。

上面寫著——

「…………………那個一身黑的混蛋。」

我終於察覺了。

從那天以來，腦海中一直響起的雨聲究竟為何。

「一半原來是這個意思。」

我宛如斷線的人偶般癱坐在地。

不知該笑還是該哭。

我再次凝視著筆記本上的文字，抱住了頭。

「坂本秋月同學：

你是另一個我嗎？

夢前光」

Tomorrow, I will die.
You will revive.

CUT2

昨天妳做出性騷擾，
而我遭到逮捕

「鐵定遲到了嘛……」
震耳欲聾的鬧鐘喚醒了我的意識，不禁對現狀大嘆了一口氣。
現在已經超過八點。
離上課只剩二十分鐘。
徒步到學校需要三十分鐘。
「都是那個大笨蛋……」
只顧著抱怨也於事無補。
於是我連忙翻開書包……咦？書包？
「為什麼會放在那種地方！」
我救出夾在床與牆縫間的書包後，檢查書包內部。
「功課……沒有寫。」
「時間表……沒有排。」
「制服咧……在哪裡啊！」
怒罵完才發現制服莫名散落在地上。真是夠了。

「秋月，早餐煮好了喔。」

「啊？我不吃！」

「啊？你明明昨天說要吃的！」

母親半發飆地回以怒叱。那又不是我說的。

我換好制服，將擺放書桌上的筆記本塞進書包，才終於整裝完畢。

「真是的！要是惹老師生氣都是妳害的！」

我自言自語罵完，奔跑在陽光普照的上學路上。

迎面而來的風仍帶著一股涼意，耳邊與後頸處隨風拂動的髮絲比平日更顯得水亮。光是這樣便讓我心生感謝，匆匆趕往久違兩天的學校。

我氣喘如牛地闖進正在上課中的教室，受到全班比以往更隆重的注目禮。「呼，啊……呃……」正準備道歉時，結果卻是老師先向我道歉（為什麼？）我納悶地坐在自己的座位上。教室的氣氛因為我的闖入而失去祥和，讓我不禁感到對每個人很抱歉。

趁著四周的注意力逐漸轉移時，我偷偷從書包中拿出筆記本。原本是想在家慢慢看，但因為那個笨蛋導致沒有這個空閒。

慎重地翻開筆記本，上面寫著那傢伙留給我的訊息。

『所以是細井的ＳＦ力量讓我附身在坂本同學的身上嗎？』

「應該吧。話說回來，誰是細井先生啊？」

面對這串毫無緊張感的文字，我將回覆寫在筆記本上。

那一天。那個下雨的日子。

『將你一半的壽命分給她吧。』

那個黑衣人逼迫我做出抉擇。

按照字面上的意思，犧牲我的一半壽命，夢前光便可以獲救。我是這麼想的，一般人也會這麼想吧。

然而，這卻是一場誤會。

不知道是如何造成現在的狀況，我與夢前光每隔一天便會交換人格。

換句話說，我的體內存在著兩個靈魂，然後會交互出現。

由於不是自己主宰身體時的記憶不會留下，實質上來說，壽命的確只剩一半。黑衣人指的一半似乎是這個意思。未免太難懂了吧，根本算是半詐騙了。有一半是詐騙。哈哈哈哈哈，唉……

我在上星期六歸納出整個來龍去脈後，將這件事詳細寫在筆記本上。

雖然懷疑對方是否會相信，但到了這個地步似乎也只能相信了。夢前光沒有特別存疑，只將想問的事項寫在筆記本上，剛剛的那串文字便是其中之一。我猜細井指的就是那個黑衣人，是因為我在筆記本上寫了「身形細瘦，身穿黑色長袍」。

順道一提，今天是星期三。

經過幾次交換日記後，大致掌握了雙方的狀況。

儘管如此，夢前光似乎還有一大堆問題想問。

筆記本上滿滿都是針對我的提問，像是學校、朋友、平常的行事作風、口氣等等。突然附在一名陌生男人的身上，會有滿腹疑問也是正常的吧。

我思考著這件事，並用紅筆逐一寫下回答。

「乾脆做個自我介紹好了？」

我們一開始是先向彼此報告這幾天的狀況，藉以掌握局面。

然而，要是這個狀況一直持續下去，資訊的傳遞必須更加頻繁才行。

首先讓夢前光了解我這個人，然後讓她配合我才是上上之策。畢竟現在的我是人見人怕的小混混，明天卻突然用高中女生的調皮口吻：「真的嗎？好好笑～☆」那我的人生可就真的毀了。

「話雖如此，要寫什麼東西才好。」

我將想到的事情寫在筆記本上。

外表凶狠，不擅長與他人互動。

因此被貼上小混混的標籤，既沒有朋友也沒有女朋友。

最後一次與同班同學交談大約在五年前。

與家人處得不融洽，正處在反抗期。

嗯，不知為何愈寫愈覺得可悲。至少希望有朋友……

嗚嗚。

雖然感到厭煩，但我仍繼續邊寫邊修改內容。

寫著寫著時間來到了晚上十一點，差不多是就寢時間。

「明天讓她去學校一趟好了？」

之前是吩咐她要待在家中，但一直下去也不是辦法。所以明天開始讓那傢伙去上學好了。

我抱著這個想法，排完時間表，並預習完功課後，將鬧鐘響的時間稍微調早。

制服整齊地掛在衣架上，燙好的襯衫也已放在顯眼的地方。

當然也不忘在筆記本寫上注意事項與聯絡事項。應該這樣就沒問題了吧。

「…………」

然後我陷入沉思之中。

因為手忙腳亂而忽略了這件事，我還沒有問過她的事情。

名叫夢前光的這個人已經不在人世，她對這件事是抱著何種想法。

『是嗎？我出車禍死掉了啊……因……因為沒有看路啦～（笑）真是拿自己沒辦法！忘記吧！好，以後禁止提到這件事！』夢前光對於自己的死只用這一句話便草草帶過，但正常來說，這不是什麼值得高興的事情。

雖然可以去見家人與朋友，但不再是以夢前光的身分，而是以坂本秋月的身分。

然後，還有一件事，我無論如何都想問那傢伙。

我將那個問題寫在筆記本上——

「……還是算了。」

我喃喃自語著，彷彿在徵詢其他人的同意，接著闔上筆記本。

不要做多餘的事情。現在的狀況已經很棘手了，必須先適應現在的生活才行。

「一切就拜託明天的我了。」

於是我沉進了夢鄉。

懷著不安與一絲焦躁。

●◐◑◔☀◕◑◐●

「……唉。」

從淺眠中清醒的我，瞪視著筆記本。

嘆氣的理由很單純，發生了意料之外的事情。

而理由當然就在這本筆記本之中。

今天是星期四，自從讓夢前光開始上學後過了一個星期。

筆記本的書寫方式漸漸有了一定的形式，原則上來說，每頁的上半段是記錄今天一天發生的事情，下半段則是寫給我的留言。我寫在左頁，夢前光則是仿照我寫在右頁。重要事項一律是使用有色原子筆或是加入插圖進行詳細說明。例如告訴對方走這條上學路線，或是提醒對方明天的小考會影響到學分。

同時，同居生活（算嗎？）的規定事項也還在增加中。

規定事項是寫在最後一頁，只要雙方有好好遵守上面的規定，我們便可以順利展開這個奇妙的生活。

……我原本是這麼認為的。

「那個大呆瓜……」

相信從我無止盡的嘆息聲中便可以察覺出異狀，我跟夢前光的同居生活正奇蹟似的面臨難題。

理由只有一個。

就是夢前光。

沒想到這個女人是這麼胡作非為的傢伙。

我一頁一頁翻開筆記本，回想著這幾天發生的事情。趁著機會難得，順便介紹一下筆記本的內容好了。這麼一來便能夠明白到這個女人有多蠢。

總之，那天她只在筆記本上寫了這句話。

『抱歉。』

「啊？」

什麼？抱歉？

…………

咦？

早上起來一翻開筆記本，上頭只寫著這句話。

想要問她原因，也要等到明天才行，而且當我得知答案時已經是後天了。

「拜託寫得詳細一點啊……」

在無能為力之下，我只好準備前往學校。

結果就遭到了逮捕。

可能沒人看得懂我在說什麼，我自己也一頭霧水。

我一到學校，馬上有警察對我說：「來跟我們談一下吧。」於是借用學校的一間教室，開始對我進行問訊。

問訊內容大略如下：

——為什麼你公然闖入女子更衣室？

——而且，為什麼你不動聲色地逕自開始換衣服？

——好像還對面露怯色的女學生說：『這套內衣好可愛喔～！給我看，給我看。』

——最後邊摸對方邊說：『嘿嘿，好柔軟喔。』

——然後露出自己穿的四角內褲抱怨：『涼颼颼的很不舒服，坂本同學的小弟弟很礙事。』

——聽完讓人說不出話來，我們做警察的感到很可恥，居然要守護有著這種年輕人的國家。

——你做出這一連串荒唐事後，好像說了：『**啊啊！糟了！這下完蛋了！**』

——『**這是誤會！我只是忘了！這是我的老毛病！**』聽說最後留下這些讓人完全摸不著頭緒的話，便逃之夭夭了。

——還說是老毛病，你平常都在幹這種事啊！好羨——太不像話了！

——就是因為有你這種小混混，日本才會變得腐敗……

——也就是說我們要逮捕你，你應該沒有異議吧。

以上。

然後我崩潰大喊。

「那個臭女人啊啊啊啊啊啊啊啊啊啊啊啊——！」

接下來是我的瘋狂辯解時間。

但因為無法把真相說出來，警察只是一味回答：「好了，好了，你這個敗類！」

最後是日雲出面擺平：「呵呵，你敢找這孩子麻煩很有勇氣喔，你要是逮捕這孩子的話，下場會很淒慘。他的後台可是很硬的。你瞧瞧他這張臉，我也被他這張臉威脅，昨天被激烈的……嗚。」多虧她這番下流言行，才讓被害女學生撤回了控訴。只是妳既然是老師，就用更高明的方式幫我解決好嗎？拜此之賜，原本我在班上狹小到不行的棲身之地，已經被完全摧毀殆盡。

於是，第一條規定由此而生。

『規定1：意識到身為男人應該有的行為。嚴禁色狼行為！』

令人頭疼的當然不只這些。

翻開筆記本一看，上頭寫著一段話。

『幫我錄連續劇！一定要用藍光畫質！』

上頭只有這段話，至少寫一下是哪齣連續劇好嗎？害我一大早就嘆氣聲連連。

後來去洗手台時剛好碰到妹妹。

「嗶！」

妹妹不知為何發出像蟲鳴般的叫聲，滿臉通紅地落荒而逃。

雖然她平常總是躲避我，但感覺跟以往有些不太一樣。

然後在當晚發生了一件事。

「哥……哥哥，你有空嗎？」

妹妹敲完門便進來我的房間。

她不知為何抱著一條浴巾，視線游移的速度可媲美個人混合泳的優勝者。

「今……今天也要麻煩你了，快……快點做吧。」

「啊？做什麼？」

我詫異地反問。

只見妹妹像是冷不防吃了一記直勾拳，整個人慌了手腳。

「不……不要讓我說出來！就是昨天的那個！快……快準備吧！」

「咦？昨天？」

我哪會知道昨天的事情，都是因為那個呆瓜沒有好好記錄在筆記本上。

「就……就跟昨天一樣，那……那個……」

「嗯？」

當我的意識開始使出輪擺式移位（註：前世界重量級拳王傑克·鄧普西所發明的招式，同時也是第一神拳男主角的必殺絕招。身體以8字型擺動，並配合左右出拳）時，妹妹漲紅著臉發飆了。

「算……算了！大騙子！」

——啪噠！

然後妹妹離開了房間。

「那個笨蛋是做了什麼啊。」

總之我在筆記本上寫了：「我妹妹怪怪的，妳曉得原因嗎？」，到了後天，她用大而渾圓的字跡回覆我。

『呼嘿嘿，你妹妹似乎體會到了身為女人的歡愉。她很漂亮喔！（流口水）』

「那個傢伙……」

於是又增加了新規定。

『規定２：禁止玩弄我妹妹。女人的歡愉十年後再說吧！』

這傢伙比我想像中還要胡作非為，於是我將滿腹的怨言寫了出來。

因為這個女人總是把鬧鐘調到很晚、不寫功課、衣服脫了就亂丟、不曬棉被、手機不充電、睡覺時不關電視、擅自玩我的遊戲進度，熬夜看深夜動畫，害我隔天很睏，還把手機的桌布擅自改成凱●貓。也曾經因為她頻繁進出女生廁所，害我一到學校就被老師叫出去。拜託趕快習慣現在的生活吧。還有不要穿女生的胸罩和內褲，因為上體育課換衣服時會嚇到其他人。

我將這些怨懟一股腦兒發洩在筆記本上。

等到後天，上頭寫著這麼一段話。

『不穿內衣我會感到怪怪的嘛！坂本同學的小弟弟搖搖晃晃的很難用！』

就算妳這麼說……

而且下面還有一段話。

『坂本同學明明是小混混卻像婆婆一樣。「光，灰塵還是多到不像話，妳給我重新掃過！」你會這麼說嗎？呼哈哈哈！（笑）』

她的這段話讓我在一氣之下用相撲比賽覆蓋幫她錄好的連續劇，結果隔天我在妹妹的尖叫聲中驚醒。

環視四周後發現自己在妹妹的房間，而且躺在妹妹的床上。旁邊是才剛睡醒臉上便因為恐懼而僵硬的妹妹，然後不知為何我只身穿一條內褲。「不是的！這是生理反應！」這個藉口連自己都感到牽強。「你這個孩子真是……」母親那張鐵青的臉是我一輩子的陰影。

『規定3：維持正常的生活作息。深夜動畫請設定預錄。半夜時不要在陰暗的房間面對電視跳片尾曲的舞蹈，會嚇著我妹妹。』

我是說真的。

「話說回來，為什麼我會在西瓜田？」

我在那天問了這個長久以來的疑問。

畢竟連續兩次剛好都在西瓜田中醒來。

她回答了我的疑惑。

『因為一醒過來莫名變成男兒身，我滿頭霧水四處徬徨，然後發現一座西瓜田，看到西瓜讓我想到巨乳，不知不覺問就感到一陣睏意。硬要說的話，你電腦裡的機密影片資料夾會不會太偏向西瓜類了？買一禮拜份的「樂天哮熊餅」給我的話，我就考慮放過你。』

「糟了！」

我急忙啟動電腦，點開影片資料夾卻跳出密碼錯誤的訊息。可惡，被擺了一道。

無奈之下，我只好到大賣場購買了大量的「樂天哮熊餅」，並在桌上擺好。

後天筆記本上出現了這段話。

『沒想到資源回收桶裡面潛藏著那種東西！你敢對我這個美少女做出那種新式性騷擾，這點補償是當然的！衛生紙要珍惜使用！』

可惡，有種被她玩弄的感覺。我到底為什麼會在西瓜田裡啊！

『規定4：克制發洩次數！限一天一次！』

「秋月同學，你感覺很疲倦耶。」

「是啊，快死了。」

「呵呵，因為昨天很激烈嘛。」

「昨天發生了什麼事嗎？」

在兵荒馬亂之中，假日一轉眼過去，今天已經是星期三。連假日也只剩一半，讓我有種吃虧的感覺。

因為某個笨蛋的關係，害我又睡眠不足，現在正在保健室休息。

絕對不是因為在教室待不下去，絕對不是因為被女同學當成罪犯般看待。才不是因為這樣……

「話說回來，妳從剛剛就拿我的手機在做什麼？」

「好，完成了。這個是老師所設計的一個名叫**『露內褲很害羞！』**的應用程式。若在這個應用程式啟動的狀態下拍照，被照到的人一律會春光外洩，是人人夢寐以求的應用程式。」

說明這麼迂迴，命名卻這麼直接。

「而且會依照被拍到的人的長相、服裝來挑選出合適的內褲，是相當聰明的應用程式。來，笑一個☆」

卡嚓。

手機發出冷冰冰的機械聲，畫面上出現一位身穿著丁字褲，長相凶惡的少年。刪除刪除……咦！刪不掉！可惡，做這種無謂的竄改！

「對了，從那次之後另外一個人格就沒有出現了？」

「啊，是啊……」

日雲提到的「那次」是指夢前光大鬧更衣室那一天的事情。我有向日雲解釋那天的事情是我的多重人格作怪。雖然是謊話，但實際上也不算是謊話，因為那天闖禍的人的確不是我。

雖然想向日雲說出夢前光的事情，但遲遲未開口。反正她應該也不會相信吧。

「不過你最近好像過得很開心嘛，職員室的每個老師都在說你變得生龍活虎，甚至還發放了面對持有凶器的學生時要如何應對的手冊。送你一本喔。」

「根本不是好事好嗎！」

我翻開手冊閱讀內容。寫了什麼？

「不能讓學生情緒激動。首先用家人一類的話題讓對方冷靜下來。『如果接受輔導，硬碟也會被視為住家搜索的目標喔』這句台詞非常有效。」有這麼一段。你們以為我是愛宅在家的恐怖分子喔。

不過原本行事低調的小混混突然高調起來，自然會感到警戒吧。我也沒有料到那傢伙竟然會是那種野丫頭。不是應該多少會為了自己的死感到難過嗎？結果她卻盡情享受別人的人生。

「…………」

頓時彷彿有道冰冷無比的水流過腦袋內側。

沒錯，應該要這樣才對。

對自己的死感到難過。

感嘆失去了「夢前光」這個存在。

正常來說應該會這樣，不可能不會難過。

那傢伙完全沒有提過這些事，並不是因為不在意，而是假裝自己不在意。

關於那件事我能說的不多，應該說根本沒有。

我打算藏在心裡一輩子，只要那傢伙可以堅強地活著，我自然沒有存疑的理由。

不過，唯獨一件事，我無論如何都想知道。

「吶，老師。」

「嗯？」

連我自己都覺得問這種問題很不像自己的作風。

「如果妳因為其他人而被迫來到自己陌生的世界，妳會怎麼辦？妳對那個世界一無所知，沒有人對妳伸出援手，也不能保證是否可以回到原來的世界。如果真的發生了……妳應該會憎恨那個傢伙吧？」

一說完我就感到後悔了。

我為什麼要找這種活得像浮萍般的傢伙商量。「明明是小混混，居然說這種纖細的話，莫非是太久沒發洩？」反正她只會說這種話。但話都已經出口，後悔也於事無補。

只有一股不自然的沉默籠罩在我們之間。

「唔～～～」日雲卻陷入煩惱之中。明明隨便回答就好了嘛。

「我想想，如果是老師我的話……」

「妳會怎麼辦？」

「或許會享受在那邊的生活吧？類似換個角度去想。」

「……這樣啊。」

彷彿破了個洞似的，我的肩膀頓時失去了力量。日雲一如往常的悠哉回答，讓我感到恍然大悟。

說得也是，要是問我什麼才是正確解答，我也會很困擾。

「只是……」

「啊？」

下課鐘聲緩慢響起。

日雲像是趕在鐘聲結束前，一鼓作氣將剩下的話講完。

「如果在意，不如直接問問本人？雖然我不曉得是什麼事情。」

「——唔。」

我一抬起頭，發現日雲正眯著眼睛看向自己。

她的那張臉彷彿像在微笑。

「不用害怕，你很善良。善良的孩子無論做了什麼，都會被原諒。」

「我很善良？」

「嗯。」

「為什麼？」

「因為會在意這種事情。」

「…………………………」

我試著把那些讓人感到一頭霧水的話驅離腦袋。

卻硬是在我的腦海中揮之不去。啊啊，真是夠了，好煩。

「好啦，我走了。」

為了擺脫日雲的那些話，我從椅子上站了起來。

在我離去時，她又繼續說下去：

「秋月同學。」

「啊？」

「你不把頭髮剪一剪嗎？」

「不用妳費心。」

「呵呵，你今天的髮質很水水動人喔。有在保養？」

「……不用妳費心。」

為什麼這個人會受到學生歡迎。

我似乎有點理解了。

當晚，我盡量用工整的字跡，在筆記本寫上短短的一句話。
愈是想寫得好看，卻愈是顯得凌亂。
但是我不想重寫，因為要是擦掉，我覺得我不會再寫第二遍。

『妳恨我嗎？』

「會被她恨也是無可奈何吧。」
寫完這句話後，我靜靜擱下筆。
那傢伙一輩子都無法回到原來的生活。
無論她是否願意，她只能以坂本秋月的身分活下去。
不但無法做自己想做的事情，感到痛苦也無法逃離這一切。因為我把那傢伙禁錮起來了。
雖然可以換個角度想，能夠活下來就應該慶幸了。
然而，這個想法對我不管用。
因為——
「…………」

繼續煩惱下去，我恐怕會把筆記本燒掉，所以我撲到床上逃避現實。

接著，向今天的自己道別。

●●◖◖◯◗◗●●

我在清晨時突然清醒了過來，四周還是一片陰暗。

在失去顏色的世界，隨著灰色的腳步聲，我拿起了筆記本。

我翻開筆記本，注視著上面的文字。

「呼。」

不自覺輕嘆了一口氣。

在泛著藍光的黑暗之中，筆記本上的文字清楚浮現。

上面寫著這段話。

『我很感謝你救我一命。雖然感到很難過又不安，但現在的生活出乎意料地快樂。變成男孩子也不壞喔！以後也請你多多指教了，搭檔！』

那行工整秀麗的字跡，我怎麼努力都寫不出來。

最後還加上一句話。

『我很慶幸是坂本同學。』

然後桌上擺放著一個裝飾了美麗緞帶的小盒子。因為有股巧克力的香味，所以我大致猜得到是什麼。雖然不曉得跟左手食指上貼的ＯＫ繃有沒有關係。

確認完筆記本後，我揉著腫腫的眼睛，再次鑽進被窩裡。

「以後也請妳多多指教，夢前光。」

我對那位一輩子都無法見面的搭檔低聲說道。

我將鬧鐘調回平常的時間，繼續睡回籠覺。

瀧王高中
學生證
Takiohu Senior High School
櫻姬高中學生證
以茲證明此人為本校學生。
櫻姬高
契
姓名：坂本秋月
年級：2年2班 座號：17
成績：B 組別・幹部：– 社團：–
血型：A
理組文組：文組
將來的夢想：組個溫暖的家庭
喜歡的東西：巧克力
興趣：走訪廟宇
討厭的東西：天婦羅
專長：運動
SAKURAHIME Senior High School
櫻姬高中
櫻姬高中校長印
外表看似流氓！內心其實是小孬孬！
萌萌小混混
坂本秋月在此報到！
保健老師四項證照
姓名：日雲史黛拉
校名：櫻姬高中
血型：AB 興趣：電玩
專長：寫程式
喜歡的東西：有些不坦率的男孩子
討厭的東西：不愛惜生命的孩子
胸部！不是蓋的！

Tomorrow, I will die.
You will revive.

CUT3
性感美夢在今天出戰，而妳成為了英雄

我作了一個夢。
夢到了小時候，是在剛升上小學的時候。
印象中是在夏天。嗯，的確是在夏天。
我們全家來到露營區，在河邊烤肉。
除了我們以外，也有很多帶小孩的家庭。
所以我們小孩子很自然聚集在一起玩，彷彿像是認識多年的朋友。
既然有河川，自然會想去河川玩水。
然而，總會有一個這樣的孩子。
不會游泳的孩子。非常怕水的膽小鬼。
水位不深的河川對岸，站著一名因為害怕而泛淚的少女。
明明只要有人牽她的手，就可以輕鬆走過來。
那名害怕的少女眼眶盈滿淚水，看起來畏畏縮縮。
她身上那套與露營區格格不入的洋裝，耀眼地倒映在河面上。
少女有著一頭長長的頭髮，雙手抱著一隻熊貓布偶，顯得相當惹人憐愛。

雖然記憶模糊，但記得她是一個很可愛的女孩子。

然後，也總是會有一個這樣的孩子。

愛耍帥的傢伙。不自量力的蠢貨。

而那天的笨蛋剛好是我。

「等等我，北極星公主，我現在就去救妳！賭上我Autumn Moon（註：秋月）之名！說定了喔！」

我模仿動畫的變身台詞，架勢十足地大喊。

我想北極星公主應該是我當時迷的動畫女主角。

Autumn Moon就是那個啦。Autumn Moon……呃，反正就是那種設定！

這件事先擺到一邊去。到此之前都沒事。

動機不重要，因為我可是努力拯救有困難的人的英雄。

然而，接著就出事了。

我腳一滑，就這樣順著河水被沖走了。應該說是溺水了。

那名抱著熊貓的少女用泫然欲泣的表情注視著被沖走的我，至今讓我難忘不已。

我要死掉了。

雖然年紀還小，但我產生了這個念頭。

這時突然不知道從哪裡冒出一名少女，她一路衝向河邊。
在每個小孩子嚇呆的時候，那名少女奮力一跳。
她直接跳進河裡，牢牢抓住我的手臂將我拉了起來。
如同太陽般耀眼的短髮，美麗的深邃眼眸，光彩奪目的純白髮箍。
那張讓人人迷的燦爛笑臉，至今讓我難忘不已。
加上她接下來的那句台詞，一瞬間奪走了我的心。
「我是拯救了你的性命的英雄！你從今天開始就是我的僕人！」
「說定了喔！打勾勾！」她說完伸出了雪白的小指。我下意識勾住她的小指，她的小指非常溫暖。
然後我這麼說道——
有借必有還，當妳有危險的時候，我也一定會去救妳，說定了喔。
小指分開時感到的那股落寞，至今讓我難忘不已。
在那之後已經過了十年——

「啊啊啊啊啊！」

在假日醒過來的我忍不住發出慘叫聲。

可惡！被擺了一道！

『Autumn Moon（笑笑笑笑笑笑笑笑笑笑笑笑笑）。』

寫著這行字的筆記本旁擺著一封信。

「可惡……死定了……沒藏好……！」

我露出苦澀的表情繼續閱讀日記。

『我在床底下搜出不得了的寶物！沒想到坂本同學居然跟女孩子通信。真可愛～～～！』

上面寫著這麼一段話。

「都過去的事了！少管我！」

我拿起旁邊的信，忍不住抱怨。

那是以前在露營區認識的那名少女寫給我的信。

救起溺水的我，那名頭戴髮箍的迷人短髮少女。

我跟那名少女立刻意氣相投，在露營結束前都在一起玩耍。雖然明知道不合潮流，但我們仍互相通信，留下了一段青春回憶。

要是被夢前光發現，一定會被她取笑，所以我將這些信件放到紙箱，藏到天花板，結果似乎漏掉了一封。可惡……沒事幹嘛搜床底下啊。雖然我大概猜得出原因。

『因為機會難得，我就把整封信重抄了下來。

——你好。秋月同學，你過得好嗎？

已經快到夏天了呢。每逢夏天我都會想起你的事情。

我到現在還記得喔。雖然失敗了，但你想成為一位英雄吧。

你表現得很帥氣，英雄Autumn Moon！

我到現在還記得那個約定，你也不要忘記了喔。請記得回信給我——

呃，Autumn Moon（笑笑笑笑笑）。

真有你的，英雄耶（笑）在關鍵時出糗不愧是坂本同學（笑笑笑）

總之也請記得回信給我（偷瞄）』

囉嗦！不要嘲笑別人的過去！每個人都曾經有過這種時期！

「啊，可惡……被她發現這種東西……」

我打開那封令人懷念的信，嘆了一口氣。真是的，竟然這樣踐踏別人的回憶。

筆記本的最後一行有一段話。

『呵呵呵，Autumn Moon Autumn Moon♪被我發現一個小祕密☆』

這段話看起來很開心。呃，算了。反正過不久她就會玩膩了吧。

「……已經很久沒收到信了。」

原本來往頻繁的信件，也隨著時間流逝，收到信的間隔變得愈來愈長。如今，甚至已經想不起來最後一次通信是在什麼時候。

「…………她應該過得很好吧？」

掀開這些久遠的記憶，莫名讓人感到有股寂寞。

曾幾何時，我連她的長相都想不起來。那個如同太陽般耀眼的女孩子。

埋藏在記憶角落，布滿塵埃的這份記憶，如果說我對這份記憶沒有留戀，肯定是騙人的。

不過，還是早點忘了吧。因為已經是過去的事情了。

於是我將記憶封印起來，並將信塞到抽屜的深處。夢前光之後再也沒有提起這件事。

然而，不曉得是否跟這個有所關係。

雖然無法肯定，但夢前光好像是從這陣子開始瞞著我玩一種奇怪的遊戲。

也就是扮演英雄的遊戲。

「可不可以讓肌肉隔天不會痠痛？」

「你只能怪昨天的自己。」

「昨天的我才不會聽我的話咧。」

「嗯？」

「沒事。給我貼布。」

「我幫你貼，脫掉上衣。」

「嘴巴上那麼說，為什麼拆的是我的皮帶！」

月曆上的日期是黃金週過後的星期二。因為離六日還有一段距離，不免感到憂鬱。

首先是太陽異常強烈。五月有這麼熱嗎？相信只要經過一年，我對季節的記憶也會有所不同。

我現在身處的地方是漸漸變得熟稔的保健室。

因為夢前光動不動就作怪，讓我飽受慢性肌肉痠痛的折磨。

『終於得到夢寐以求的小混混身體！我毫無畏懼了！』

她前幾天才在日記上這麼寫到。

那傢伙到底在玩什麼把戲。在我不知情的情況下，辦了健身房的會員卡，還在臉頰上留下兩道原因不明的新傷口。拜託不要再給我惹是生非了。然後她也太不會貼ＯＫ繃了吧。麻煩對準角度後再貼。

「不過昨天的你很驚人耶，嚇了我一跳。」

「咦？我做了什麼？」

提到這種話題總是讓我備感困擾。

「下半身居然可以用那種速度移動。不愧是小混混。」

「啊！下半身？」

「躺在床上的女學生也嚇到了呢。」

「床……床上——！」

呃，這是——

「你不是用驚人的速度衝回家嗎？我們在保健室看到的。你很急嗎？」

「咦？啊啊，是啊……」

原來是指這個，不要亂嚇人好嗎。

夢前光的荒唐行徑在之前有介紹過，而且還在日漸惡化，果然對同居生活造成了許多問題。

前天一早起來，房間四處散落著寵物的飼養手冊。**『不讓我養的話，我就穿貓耳裝在nico〇上直播！』**還在筆記本上寫了這段令人費解的恐嚇性文字。

這還不打緊，不但妹妹對我的稱呼變成「哥哥☆」，口袋裡還放有女僕咖啡廳的點數卡。更精采的是，我跟女僕的合照被設成手機桌布，立刻被我當場刪除，這件事我仍記憶猶新。還有就是她很會亂花錢，房間裡的東西一直增加，這也是我煩惱源頭。例如，整齊地擺放在書架上的萌系動畫藍光片與同人誌。若要舉其他例子，不知何時在房間角落放了一幅白色拼圖。只要在純白色的拼圖上寫上文字或是畫圖，就可以打造一幅獨創的拼圖。

她一開始有在慢慢拼，但後來漸漸被擱置，所以這幾天都是我在拼。因為幾乎全是素色，所以很難拼，但玩過就會發現出乎意料地有趣。等到玩上癮，童年的那股興奮之情彷彿被喚醒，讓我莫名感到開心。

『不准擅自偷玩！』

結果隔天引來她的不高興。明明是妳自己放著不玩的。

順道一提，即使夢前光這樣大肆揮霍，唯獨金錢方面不會造成我的困擾。這都是因為有妹妹的施捨，所以讓我存了不少錢。

嗯？你說為什麼雪瑚會有那麼多錢？

讓我來說出這個驚人的新真相吧！雖然我妹妹坂本雪瑚還是國中生，但其實已經是跟出版社簽約的小說家！

我妹妹不肯告訴我她在寫什麼小說，所以詳細情形我也不太清楚，但她的小說似乎頗為暢銷，每個月戶頭都會匯入大筆的稿費。不過，其實她沒有戶頭，所以是借用我名義的戶頭，嚴格來說是我的戶頭才對（因為她不想讓父母知道她在寫小說。我不曉得理由為何，但因為這個緣故，簽約的時候我還假扮成大人，總之真的很麻煩。詳情情形以後有機會再說……）

所以，妹妹為了答謝我，將某次得到小說大賞的獎金讓我使用。雖然我一開始拒絕了，但妹妹她說：

「因為哥哥在文章中大大活躍的關係，才讓我得獎的。這是為了答謝哥哥，所以不需要客氣！」

雖然我不曉得是什麼意思，但既然她都那麼說了，於是我就收下來了。反正我偶爾也會協助她取材，應該沒關係吧。嗯？取材？就是穿上她指定的服裝或是擺姿勢或是在特定場景讓她拍照而已。我不曉得用途，大概跟寫小說有什麼關係吧。

「先走啦。因為要上課，我回去了。」

「嗯。啊，秋月同學。」

「我不要剪頭髮。」

「嘖。」

難纏的傢伙。

「順道一問，你換洗髮精了？」

「……再見。」

明天的我就會很聒噪了。

因為某人的關係害我整整五十分鐘都在嘆氣，沒能好好做古文的筆記。

下課鐘聲一響起，同學各自從座位上站起，與朋友聚在一起閒聊。我的四周當然是呈現一片荒野，別說是花了，連雜草都看不到。大家明明可以不用客氣地找我聊天。我什麼都願意做喔，要我付錢嗎？當朋友的費用是多少啊？唉……奇怪？為什麼眼淚停不下來。

「他最近好像經常出入健身房。」

「健身房？為什麼？」

「好像在跟其他黑道組織抗爭……」

「話說回來，他全身貼滿ＯＫ繃耶。」

「好可怕喔。」

我那對敏銳的耳朵偷聽到坐在附近的女同學講的悄悄話。黑道組織是？

「咦？等等！他好像在喝什麼白粉耶！」

「哇，太……太危險了！」

只是胃藥好嗎。都是因為那個女大胃王，害我落得這種下場。真希望她不要在半夜吃泡麵了。而且還放著沒吃完，讓房間裡都是那股味道。加上每天都會吃掉一盒樂天哮熊餅。

「……嘖。」

我不經意出聲抱怨，讓那群女孩子當場嚇得花容失色

我反射性地看了過去，反而讓她們更為恐慌。到底是要我怎樣。

我用輕咳來稍微發洩內心的悲傷，然後拿出筆記本。

昨天的我沒有報告什麼重大消息。

『嘿嘿嘿，有享受到了嗎？好萌！』

這段神祕的開場白的下面接的是連續劇的觀後感，因為內容完全不重要，所以我只

有瞄了過去。

結果寫在最下面一行的那段話，讓我的視線停了下來。

『吶，你為什麼不交朋友？』

「我也想知道為什麼。」

這是我的個人猜測，夢前光應該沒有在人際關係上吃過苦頭。她會問這種問題，更證明了這一點。

順道一提，這個問題她不是第一次問，這已經是第六次。

她第一次問。

『你為什麼不交朋友？』可能不滿我沒有回答，她繼續追根究柢。

『你為什麼不交朋友啦！』接著——

『不准裝做沒看到！快交朋友！』然後變成命令句。

『是這個原因嗎？比起交朋友，你比較想生小孩嗎？這個變態！』演變成這樣。

『變態變態變態變態變態！明明就很小！朋友！』

經過一陣大鬧後，才有今天這個問題。看來她有點生氣。我從至今的互動中了解到，這傢伙使用『吶』這個字眼時，大多都是心情不好的時候。原來只透過文字也可以察覺出那個人的心情。

至於我的回答，單純只是不擅長而已。並沒有什麼有趣的理由。

老實說每天身處在這股尷尬的氣氛中讓人很吃不消，我不要求交到好朋友，只希望有個可以輕鬆對談的朋友，但現實偏偏無法順心如意。

「如果有什麼契機……」

像我這種被動的傢伙，到死之前都交不到朋友吧。真是讓人提不起勁。

我避開彷彿朝自己直瞪而來的陽光，沒有寫任何東西就闔上了筆記本。

「…………」

怎麼辦？那傢伙是做了什麼？

下課後我立刻從學校逃了出來，正拖著蹣跚的腳步走回家。

然而，有件事與往常不太一樣。

就是明顯有人在跟蹤我。

咦？等一下，等一下，這是什麼情況？

拜託希望不會碰到麻煩。相較於外表，其實我的膽子很小。也不擅長打架。上次洗完澡突然吃了一記妹妹的右直拳，讓我當場倒地。「要洗澡前說一聲好嗎！」妹妹說完這句話就離去了，而我完全摸不著頭緒。反正一定又是那傢伙說了奇怪的話吧。

這件事先擺到一邊，我是走出學校後開始被人跟蹤的。

我一停下來，對方立刻顯得手足無措，每當彎進十字路口，立刻又會慌慌張張地追上來。

雖然可以直接甩掉對方，但總覺得很不舒坦。

乾脆轉過身算了。

應該不要緊吧。

要是有什麼萬一，就用我這張凶惡長相威脅對方就行了。我的凶惡長相，哈哈，怎樣都好了。

我用這個悲傷的理由說服自己後，一彎進轉角處，立刻停下來做好準備。

如我所料，那名擺明是菜鳥的跟蹤者連忙跑了過來。好，深呼吸。

看準時機——

「你是誰啊！想被我痛揍一頓嗎！」

「哇——！」

我努力裝出嚇人的聲音，用一如往常的那張臉惡狠狠地威嚇對方。

那傢伙發出燕子打噴嚏般的尖銳叫聲，整個人彈到了後方。手上握著的書包掉在地上，從裡面掉出幾顆橘色的糖果。

然後，對方的廬山真面目是……

「女人？」

是名嬌小的女孩子。

而且我對她有印象。

這個女孩子是班上的辮子少女吧。

如果身上穿的不是高中制服，勉強可以被當成小學生。少女搓揉著自己的臀部，左右兩旁沒有綁好的麻花辮隨著她的動作陣陣搖晃。那雙仍顯稚嫩的銅鈴大眼含著淚水，牛奶色的肌膚泛著一絲紅潤。這幅景象在旁人眼中看來，肯定會覺得是小混混把小學生撞倒。證據就是騎淑女車經過的大嬸用惡狠狠的眼神瞪著我。我要逃嗎？三十六計走為上策？

「啊，不……不要緊吧？」

「嗚！」

我一開口就嚇到她。

好，只能逃了。大嬸好像打了電話。這下大事不妙。

總之我先將摔倒在地的少女硬是拉了起來，並讓她重新握好書包。然後正當我準備轉身逃走時——

「咦？」

我立刻停下了腳步。

我看向衣服上傳來的微弱力道，發現有隻雪白的小手抓著我的衣角。

順著那隻手看過去，只見那名綁辮子的少女發著抖，抬頭注視著我。

「…………」

然而她卻不發一語。這個女孩子是怎麼回事？

因為衣角被她抓著，讓我想逃也不是，只好拿出手帕隨意擦拭她的眼淚。我會攜帶著這條手帕都是上次夢前光——

『隨身攜帶手帕的小混混儼然就是王子☆』

雖然這完全是她主觀的意見，不過瞧瞧，真的有派上用場。證據就是辮子少女露出一絲笑容，顫抖著肩膀——咦？她是在忍笑嗎？莫非我被耍了？

「呃，妳找我有事嗎？」

我只好開口問道。說起來是這個女孩子擅自跟蹤我，最後還哭出來。又不是我的錯。

話一出口，原本在忍笑的少女頓時緊張不已，露出膽怯的表情，游移著視線。呃，這個女孩子是怎麼回事？

「那……那個，呃……嗯……」

「…………」

「呃，昨……昨天……」

昨天？

「非……非常鞋些你！」

結巴了！結巴得好嚴重！太明顯了！

結巴到不禁讓人感到同情的這名少女，紅著臉低下頭。

話說回來，她剛剛提到昨天吧。

遺憾的是，我不曉得昨天的事情。

反正一定又不是什麼好事。那傢伙到底在搞什麼啊。

「請……請問，你是性感美夢吧？」

「啊？」

什麼？

「別名是美麗閃電。」

「閃電？」

「很……很帥喔……美夢……。」

「呃。」

我完全聽不懂她在講什麼，誰可以幫我翻譯一下。什麼美夢啊？

「我……我……我想要答謝你……選項①可以嗎？」

「選項①是？」

「因為我還是高中生，②跟③……呃，要做好內心跟身體的準備……唔唔。」

看樣子她似乎是想要答謝我。

但我不曉得①跟②是什麼意思。

「所以，我選①……」

「呃，應該沒差吧？」

完全搞不懂狀況。

正當我這麼心想。

啾。

「————————————————」

「再……再見……」

少女努力踮起腳尖，在我的唇上印下一吻後，立刻奔跑離去。

奔跑離去……

離去……

……………

「喔喔喔！」

我發出吶喊。

總之先吶喊一下。

我帶著混亂不已的心情衝回家。

糟……糟糕，呃，咦？不，啊，喔哇哇！

到……到……到底發生了什麼事？

呃，當時感覺到有股暖意湊近我的臉。

迎面而來的是女孩子的香甜氣味。

讓人暈眩的吐息拂過臉龐。

接著是一股柔軟的觸感。

柑橘的甜味流淌了進來。

那股溫暖短暫停留在我的——

「啊啊！」

我大吼大叫地穿越街道，衝回家中。

接著順勢用極快的速度做起了伏地挺身，大喊著：「滑菇滑菇滑菇滑菇滑菇！」然後對枕頭使出德式背摔，整整十幾分鐘都在做這些奇怪的行為。

我喘著大氣翻開筆記本。

「昨天的我是幹了什麼好事！」

我平常總會規規矩矩寫在筆記本的格子裡，今天已經管不了這些，立刻拿起旁邊的有色奇異筆亂寫一通。

「不要鬧了大笨蛋！根本搞不懂狀況！」

『小混混走在路上突然被美少女獻上香吻的機率是多少啦！』總之我留下這段話給

夢前光，然後發現了一件事。

昨天的我留下的最上面那段話。

完全看不懂意思，所以我沒有多想的那句神祕開場白。

『嘿嘿嘿，有享受到了嗎？好萌！』

好萌。

…………

才不是咧！

「那個茄子白痴！」

結果那天因為滿腦子都是白天的橘子糖大事件，搞得疲憊不堪，早早就入睡了。

清醒後來到了星期四。一如往常跳過一天。

我用雙手翻開筆記本，查看那傢伙的留言。

『因為她被小混混纏上，所以我救了她！以下為答謝方式。

①親嘴

②用嘴巴

③咦咦！用另外一個嘴巴？

我告訴她可以從裡面選自己喜歡的方式。看樣子她是選了①吧！有萌到嗎？處男有

萌到嗎？還是覺得③比較好？不過很抱歉！「夢前家的家規之一，第③項必須年滿十八歲」這一項不可以打破！』

好像是這麼一回事。

然後底下還用有色原子筆畫了辮子少女，旁邊是擺出尺蠖蟲的姿勢，流著口水大笑的小混混。

「唉……真的是……」

我拿起紅筆開始寫筆記本，力道重到會留下痕跡。

「『這種重要的事情拜託妳先說好嗎！』」

於是，又增加了新規定。

『規定21：嚴禁用嘴巴。不准將成人遊戲的選項搬到現實世界！』

規定……增加不少了呢。

好，今天是收假過後的星期一，真不想去學校。

你問為什麼？這就要追溯到星期六了。

我養成一早起來檢查筆記本的習慣。上面寫著這麼一段話。

『「妳為什麼不是選②？一般答謝都會選②吧？妳知道我有多期待嗎？為什麼不讓處男作個美夢？約在下星期的早上喔。」我已經轉告小霞了喔！她或許會挑星期一喔。麻煩告訴我感想！（用42字×34行的原稿用紙寫八十～一百三十張）』

都是因為她寫了這些無可救藥的鬼東西。是叫我去寫小說嗎？

我試著在班級名冊上尋找小霞這個名字，找到了「真田霞」這個名字。啊啊，印象中她的確是叫做這個名字。這件事先擺到一邊，這傢伙似乎想害我遭到退學。

「她小時候肯定有欺負過人……」

下面還有這段話。

『話說回來，那個女生超可愛的！胸部很大！你不如追追看她喔？』

這話令我感到厭煩，但還是拖拖拉拉地準備去上學。

今天是飄著積雨雲的晴朗天氣。

我慢吞吞走著，等到時間快要來不及，才連忙驅策雙腿衝向學校。雖然不至於會遲到，但我不覺得那傢伙會做好預習或是功課。不提早去學校，麻煩的將是自己。

我氣喘如牛地爬上樓梯，這是神的惡作劇嗎？居然剛好跟走下來的小霞撞個正著。

哇，好尷尬～

「啊，早安……」

「啊，早……早……早酣……」

又結巴了。看樣子她似乎不擅長發「ㄢ」行的音。

她顯得忸忸怩怩的，滿臉通紅地吸了一口氣後——

「現……現……現在可以嗎——？」

「咦？現……現在？在這裡？」

「是……是啊。」

是選項②嗎？是②嗎？

這麼一大早？在這種地方？

「那……那個，關於你上次說的那件事……」

「不！那是騙妳的！騙妳的啦！不要當真！」

我想之後一定會後悔吧……懦弱如我，只能飛快說完這些話。

因為這實在太誇張了。

「咦？騙我的？咦……咦？」

「呃，就是選項②的答謝……」

「選項②？」

「咦？奇怪？不是②嗎？」

「是……是指什麼？」

小霞對我這番混亂發言感到不解。

可惡，被耍了。那個女人竟敢騙我。

小霞好像現在才想起選項②的意思，不禁低下變得更加紅潤的臉龐。「色鬼……」

只見她輕聲嘀咕了一聲。呃，有萌到。

「呃，那個，雖然我很努力了，但這已經是極限……呃，請收下。」

她邊說邊拿出一張畫質有些粗糙的照片，好像是數位相機拍下後，再用家庭用印表機列印出來的。

是一張用手遮住半張臉的女孩子自拍照。

濕漉漉的中長黑髮，看起來像是剛洗完澡。

照片是從俯瞰的角度拍攝，沒有遮到的右邊眼睛，向上看的模樣顯得十分誘人。

只是讓人不解的是——

「睡衣？」

那個嬌小的女孩子不知為何身穿橘色的睡衣。

而且因為有幾個釦子沒扣上，從寬鬆的睡衣領口可以窺見豐滿的雪白乳溝——

「不……不要一直看，我會很難為情……」

「咦！這個人是妳嗎？」

我險些把照片掉到地上，頓時肩膀感到一陣僵硬。

髮型不同，加上遮住半張臉，所以很難看出來，但仔細一看，照片上的人的確是這個女孩子。胸圍的尺寸也完全吻合。

「咦？因為你上次不是說：『**我想看看小霞最大膽的一面**』……」

「啊，呃，那是……」

那個笨蛋！

「先……先說清楚，我平常絕對不會做這種事情喔。因……因為坂本同學對我有恩，我才會做到這種地步的。絕對不可以給其他人看喔……」

我也很想為自己澄清幾句，我平常絕對不會做這種要求好嗎！

「雖然想達成你的另外一個要求，但……但是那麼做的話，呃，會被看到……」

然後她開始小小聲地嘀嘀咕咕，所以聽不到在講什麼。

總之現在已經知道那傢伙一直在為難這個女孩子。

這麼做實在有些過火。

就算曾經救過她，要求她拍這種性感照實在太超過。真是太不像話了。這張照片實在太下流了。太下流了。

「唔……呃，拜託你趕快收起來……」

「啊！抱……抱歉！」

糟了，我不小心猛盯著這張照片。

我手忙腳亂把照片收進書包裡。之後再想想怎麼處置這張充滿魅力的照片。慢慢想吧。

「啊，然後，上次坂本同學給我的『性感美夢』照片，我設成手機的桌布了。你……你看看如何。」

「性感美夢？」

腦海中閃過這個最近聽過的神祕單字，只見她靦腆地拿出手機給我看手機桌布。

只顯示最低限度應用程式的手機主頁畫面上，有個露出燦爛笑容，身穿緊身衣，戴著蝴蝶眼罩的變態，全身上下連同手指一同擺出神祕的姿勢。

啊啊，那個笨蛋到底是搞什麼。

「坂本同學出乎意外地淘氣呢。竟然穿成這樣跑來救我……感覺好可愛。」

小霞忍著笑意，交互看著我跟手機。

「啊，抱歉。這副打扮的時候是性感美夢吧，不是坂本同學。」

說是坂本同學也沒差了，因為怎麼看都是坂本同學。坂本同學本人是在搞什麼鬼。見到我雙手撐在膝蓋上，陷入煩惱之中，於是小霞探頭關心。正當我們四目相交的那一刻，預備鈴響起了。

「啊，我得回去了。呃，我先走了喔，再見。」

她輕快地揮舞著小手，「嗯……」我用呻吟聲代替回答，慢慢走在她的身後。

要想點辦法才行。

不趕快阻止那傢伙的話，不曉得會做出什麼事。

我的整張臉寫滿疲倦，把走廊上的剩餘學生嚇到角落，一面走向教室。

然後，馬上發生讓我感到後悔的事情。

事情是發生在午休時間。

「給我出來啊啊啊啊——！」

如同野獸般的咆哮響徹教室，原本在閒聊的同學個個嚇了一跳（順道一提，我一如往常地用裝睡來逃避現實）。

「躲起來也沒有用的！性感美夢！」

扯著大嗓門走進教室的是小混混三人組。大喊的人是好像是留著龐克頭的壯漢，他瞪視著教室裡的人。

哇，感覺有麻煩找上門了。小混混是一種只要存在就會造成他人困擾的生物，拜託你們明白一下。我可是很清楚這一點的。哼哼。

對了，那傢伙剛剛說什麼了？

「你……你們有事嗎？來這裡做什麼？」

坐在門附近的短髮女生對龐克頭直接表現出厭惡。

聽到這句話的小混混，朝著那名女生猛瞪。

「最近一直找我們碴的『性感美夢』就在這個班上吧！快點給我滾出來！」

「性……性感美夢？」

短髮少女雖然害怕龐克頭仍出聲問道。

這才是正常的反應。「騙人！性感美夢在我們班上！」如果有名到出現這種反應，反而才讓我困擾。看來還沒有很多人知道。

「他每次都跑來妨礙我們搭訕！他以為我們是要鼓起多大的勇氣才敢開口啊！少來橫刀奪愛！」

原來如此。所以那傢伙最近才會在鍛鍊肌肉吧，難怪一直有新傷口。

當我在思考著這些事情時，突然感覺到有一股視線，於是我看了過去，只見小霞以一副明顯可疑的表情偷瞄著我。拜託不要一直看我。平常不發一語的小混混這時突然跳出來說：「被發現也就沒辦法了！我就是性感美夢！」大家會很困擾吧？拜託想像一下。不，還是不要想像好了。

「等……等一下。你們有證據證明那個性感……在我們班上嗎？」

坐在短髮少女對面的馬尾少女努力說出那個有些奇怪的名字，一本正經地出聲抗議。

面對此狀，龐克頭用低沉的嗓音說道。

「是性感美夢本人聲稱：**『我是櫻姬高中二年級的學生！心有不甘的話，明天或是三天後或是五天再來找我報仇！』**還有意見嗎！」

不不不不。

太狡猾了吧？不覺得太狡猾了嗎？應該說你們幹嘛乖乖遵守日期。

我傻傻地想像著小混混在月曆上圈起報仇日期，另一方面，班上的氣氛則變得緊繃了起來。

怒火中燒的龐克頭踹了兩下地板，但還是沒有人出面承認。這是理所當然的。

怎麼辦？我應該出面承認嗎？

我個人覺得這麼做實在太麻煩又丟臉，所以希望可以蒙混過去，但龐克頭似乎不打算就此罷休。

唉，真是沒辦法耶，我就出面道歉一下好了——

「性感美夢快給我滾出來！我知道你不但橫刀奪愛，還對女孩子毛手毛腳！」

……………

那個笨蛋……

「哇，好噁心，根本只是變態嘛。」

「性感美夢這個名字也好噁心……」

「那傢伙肯定沒有朋友。」

「我才不想跟那種人當朋友。去死算了。」

「如果他在這個班上，一定要跟他絕交。」

……………

是的。我已經完全錯失出面承認的時機了。

經過幾分鐘的僵持，龐克頭的怒火到達了極點。

「可惡，快給我滾——嗯？」

龐克頭環顧著教室四周，視線突然停留在某個人身上。

「妳是上次跟性感美夢在一起的女人吧？」

「啊，唔……唔……」

他的視線毫無疑問對準了小霞。

因為她敢跟我說話，感覺是個頗有勇氣的女孩子，但果然還是會怕小混混。她整個人縮成一團，不敢迎上對方的視線。

「妳知道性感美夢的事情吧！快說！不說的話我要跟妳拍合照喔！」

龐克頭用莫名其妙的話威脅小霞。

周圍的女學生打算制止，「啊啊！」隨即遭到龐克頭的威嚇，又縮了回去。

「喂！快點回答！性感美夢是——」

龐克頭邊說邊把手放在小霞的肩膀上。

「——不要碰我！」

小霞交抱著自己的雙肩，大聲吶喊。

儼然是憤怒的吼叫。

教室裡頓時一片寂靜，所有人的目光都集中在她的身上。

在這股緊繃的氣氛之中，小霞含著淚水，張開顫抖的嘴唇說道：

「能……能夠碰我的只有坂……只有性感美夢！」

好好好危險！剛剛太危險了！
咦？應該說剛剛……咦咦咦！
「什麼？咦？啊……啊啊啊！」
彷彿要打擊一時反應不過來的龐克頭（跟我），小霞繼續說了下去：
「因……因為，性感美夢不但救了我，還將我擁入懷中，然後答應我選①，還有……還有……」
教室裡瀰漫著一股緊張的氣氛。
還有？
「他……他說……我很可愛……」
……啊啊，完蛋了。
已經不行了。
那張表情完全是戀愛中的少女。
那個笨女人……居然玩弄這麼純情的少女。
「嗚……嗚嗚嗚……可惡的性感美夢……」
龐克頭不甘心地低吟著。那個名字會讓緊張感消失殆盡，所以不要說了好嗎？
一股難以形容的沉默籠罩而下。

打破這股緊張的是一個出乎意外的傢伙。

「吶，森下。那傢伙莫非是性感美夢的女人？」

跟在龐克頭身後的小混混突然插嘴。

「也就是說，她的手機裡面或許有性感美夢的電話囉？」

「是嗎？原來如此，還有這一招啊。」

龐克頭大大咧嘴一笑，整張臉湊向小霞大喊。

「喂！把手機交出來！我要打電話給性感美夢！」

「咦？啊，不……不行！」

「吵死了！快交出來！」

小霞含著淚水表現出百般不願，龐克頭仍一把拿起她的書包。

儘管小霞極力抵抗，但兩人的臂力相差過大，書包兩三下就被搶走了。

咦，這下不妙吧？

「等……等一下，給我住手！沒看到小霞不願意嗎！」

「還給她！」

雖然女生們慌慌張張連忙制止，但小混混是不會吃這一套的。

龐克頭打開書包查看。

不妙……不妙，這個展開很不妙。
「等……等一下，住手！我沒有他的號碼！」
「哼！不要撒這種容易拆穿的謊話！瞧妳那麼緊張，肯定有鬼！」
龐克頭接著開始翻找書包。
糟了……糟了！雖然不曉得有沒有輸入我的號碼，但那個女孩子的手機桌面可是性感美夢啊！我的身分不就完全曝光了！
「吶，拜託……拜託你住手……！」
然後小霞便進入了哭泣模式。
這下糟糕了，要是手機被發現，我就……
「啊，找到了！找到手機了！」
啊……
「住手……嗚……」
等等……
「呃，這要怎麼操作？」
……可惡……
「森下對機械很不在行吧，只要滑動螢幕就可以解鎖了。」

……為什麼我……

「喔喔，這樣嗎？好，那就來解鎖吧——」

…………非得……

「解開了。然後是——」

「非得做這種事情不可啊啊啊啊啊啊啊啊啊啊啊啊啊啊啊啊啊啊啊啊啊啊啊啊啊啊啊啊啊啊啊啊啊啊啊——！」

「「「————唔！」」」

我忍不住大喊。

終於喊了出來。

比起小混混三人組登場時，教室陷入更加恐慌之中。

這也是情有可原。

因為平常完全不吭聲的二年二班最危險的未爆彈突然爆炸了。但我已經忍無可忍了。可不能在這種時候身分曝光。

「喂喂喂，你這個龐克雞冠頭！她都不願意了，你給我住手，你這個……呃，廢……廢物！不准用骯髒的……手碰她，大……大蠢貨！」

「是嗎！你想幹嘛！給我閃遠點這個——」

「你才給我滾到一邊去，你這個蠢豬肉渣！不給我立刻消失的話，我——我要揍扁你喔！」

「喂喂，你……你敢反抗我的話——」

「要要……要幹架嗎？混帳！看……看我把你的脖子砍斷喔！啊啊！」

我擺出不熟練的打架架勢，說出超級不流暢的台詞。

雖然當下覺得搞砸了，但反過來想，這般結巴的程度，反而看起來真的很生氣吧。可說是效果超群。

「……對不起。」

龐克頭整個人嚇得臉色鐵青。

沒想到我可以把真正的小混混嚇得渾身發抖。我很厲害吧？在負面意義上。

雖然內心感到五味雜陳，但搶回手機後，我深深吸了一口氣，發出最後的咆哮。

「不准再次出現在我面前！要是敢動我班上的人，呃，那個……我給你們好看！」

「遵……遵命命命命命命命！」

接著小混混們連滾帶爬逃離現場。

接著我受到全班的注目。

接著每個同學鴉雀無聲。

接著，接著……

「…………好，我去死一死好了。」

留下這句話，我全速衝離教室。

搞砸了……搞砸了。

到了這個地步已經無法挽回了吧。全班都被我嚇到。結束了！我的人生到此結束！

呀哈！嗚嗚……

感到自暴自棄的我在筆記本留下『呀呵！波菜！』這些頭腦有問題的留言，並在亢奮狀態下玩了格鬥遊戲，接著迅速沉入夢鄉。

對不起，夢前光。

性感美夢這個頭銜對我來說還是太沉重了。

●●◖(☼)◗●●

後天仍毫不留情地到來。

被大白鯊的BGM吵醒，內心鬱悶的我忍不住立刻抱怨。

「不要擅自亂改鈴聲……」

同時，前天的記憶一瞬間湧了上來。

我想起自己用猙獰無比的模樣趕走跑來班上鬧事的小混混，然後讓班上同學對我徹底傻眼的這一連串事件。

光是回想就讓我感到臉上一股燥熱。我真的搞砸了。哇啊啊啊啊！

我把臉埋在枕頭中掙扎了一會兒，接著像枯萎的韭菜，虛弱地爬出床鋪，看向那個東西。

「可惡……」

筆記本被她架在書桌上。

上頭裝飾著滿滿的緞帶，甚至大費周章擺上花朵。

光是這樣彷彿就可以看見那傢伙臉上帶著竊笑進行布置的模樣。

『坂本同學ｗｗｗ……坂本同學ｗｗｗ……坂本同學ｗｗｗｗｗｗｗｗ』

「這個傢伙……！」

筆記本上頭馬上出現一段讓我感到憤怒的留言。

『小霞把所有事情都告訴我了。我在網路上成立了

【出……出現了！露出小混混的本性，遭到同學冷眼看待的傢伙～】

這麼一個討論串！如果討論串還在的話，記得要去留言喔！』

她那股看好戲的心態顯露無疑，因為淨是讓人惱怒的字句，滿心不悅的我立刻闔上了筆記本。可惡。

打開電腦一看，的確有那麼一串討論串，因為那個笨蛋拚命加油添醋的關係，討論串非常熱絡。哈哈，有個留言問「1樓上哪去了？」，1樓已經不在了，等到明天就會復活，等等她吧。

「饒了我吧，這下我不是每天都不得安寧嗎……」

不曉得昨天班上演變成何種氣氛。

從這傢伙的情緒來看，肯定是會讓我感到頭疼的局面。

上學路上我不斷用「或許大家根本沒放在心上」或是「過一天就忘了吧」一類的話來鼓勵自己。

「小混混光是活在世上就是一種垃圾。」

等到抵達學校時我下了這個結論，心煩意亂地來到教室前。算了，怎樣都好。反正我本來就在班上格格不入。

可能是心理作用，我拉開感覺比平常還要沉重的拉門，低著頭走進了教室。

結果傳來了意料之外的一句話。

「啊，坂本同學。早……早安！」

「……啊啊？」

我呆楞地發出疑問。

咦？剛剛說了什麼？

我張大著嘴，彷彿下巴合不起來，原本在閒聊的女學生露出有些緊張的表情，接著向我打招呼。

「早安，坂……坂本同學。」

「早……早安！坂本同學！」

「早安，坂本同學，嘿嘿……」

「咦？啊，早……早……安……」

我結結巴巴地回答。

雖然我不曉得哪裡好笑，只見女孩子們對我笑臉相迎。

怎……怎麼回事？

有人向自己打招呼這個史無前例的大事件占滿了我整個腦袋，但我仍努力走到自己的座位。總之先把書包放好，坐下來——

「啊，坂本同學，那不是你的座位喔。」
「咦？」
經坐在附近的男同學提醒，我才注意到這根本不是我的桌子。換座位了嗎？
「快……快來快來，坂本同學！她正在等你。」
連忙接話的女生站在另一個方向指著教室正中央。
在教室正中央的是——
「早……早酣……」
又結巴了。
小霞原本滿臉通紅的臉頰變得更加紅潤，並低下了頭。
她旁邊的毫無疑問是我的桌子。
呃，難不成……
「來，快坐下來吧。昨天換座位時，你換到小霞的旁邊。呵呵。」
從教室角落傳來一陣紓緩氣氛的輕笑。
在班上掀起的一片笑聲，讓小霞的臉頰紅到不禁讓人懷疑她是否發燒了。
「話說回來，昨天坂本同學真的很驚人耶！」
「是啊，是啊，衝進職員室對教務主任大罵**『竟然放任小混混在學校胡作非為！**到底在想什麼！』實在太帥了。」

「雖然被吐槽『你才是天下第一的小混混』，呵呵。」

「坂本同學其實是大好人呢。對……對不起喔，我一直擅自覺得你很可怕。」

「換座位的時候也很好笑，『我一定要坐小霞的旁邊……』哈哈哈，一想到就覺得好笑！」

「做出那種真愛告白，也只能夠讓給他了～」

之後我在班上仍持續受到讚揚與取笑。

呃……呃……

「坂本同學……？」

「是……是的！」

從旁邊傳來小霞的聲音，讓我嚇了一跳。

全班的注意力頓時集中在我們兩人身上，瀰漫著一股緊張與好奇。

在這股尷尬的氣氛之中，她汁視著我說道：

「上……上次很……很謝謝……你……」

「啊，不會，不客氣……」

我忍不住低下頭道謝。

「啊，我幫你提書包喔……」
她準備拿起我的書包，表現得像是在服侍剛從公司下班的老公。但因為緊張而顯得腳步相當不穩。啊啊，跑得那麼慌張的話……
「啊！」
「危險！」
啊！我就說了嘛！
在平坦的地方跌倒，儼然迷糊女生的典範。當她向前摔下去時，我不禁——
「小心！」
「沒……沒事吧？」
抱住了她的身體。
然後，小霞與我四目相對。
「啊。」
「啊………」
接著……接著——
「「「「哇————————————！」」」」
班上的女生發出高亢的叫聲。可惡！果然是這樣！

「哇，天啊！小霞真有妳的！」

「什麼，什麼！吶，小霞！有碰到嗎？胸部有碰到他嗎？」

「小霞！妳馬上達成昨天的目標了耶！真不是蓋的！」

「靠太近了！坂本同學抱得太緊了！」

一如預料，班上的人紛紛跟著看熱鬧。啊啊，夠了，不是你們想的那樣！

「不，是誤會！我只是想要接住她而已！」

「不不不不不是的……！你們在胡說什麼！坂本同學，對對對……對不起！」

在全班沸騰的情緒之中，我們兩人拚命解釋。

「真……真是的！不是的！只是偶然！不是那樣的！」

小霞從我的懷中掙脫，拚了命告訴同學這是誤會。而我則是處在恍神狀態。呃，一股比想像中還要甜美的香味至今未消……

「坂本同學，對對對對不起！都……都是因為我很迷糊！對不起！」

「啊，不，妳別放在心上。我才要說抱歉。」

於是，在全班溫暖的起鬨聲中，我們並排坐在教室正中央。唔唔，好難為情……怎麼會演變成這樣……小霞好像也感到很害羞，小小聲地嘀咕個不停。

「……順利的話……下次……要……摸……假裝……」

「咦？什……什麼？妳說了什麼？」

「咦——沒沒沒有！我……我沒說什麼！別在意！」

之後她一整天都在嘀嘀咕咕，雖然頻頻吃螺絲，她偶爾仍會努力向我攀談。只是每次她一找我攀談，班上的氣氛就會跟著沸騰，讓我感到精疲力盡。

不過我並不會感到不舒服。

等到放學後，我回到家翻開筆記本閱讀。

因為早上沒有看完，這才發現下方有一段文字。

『**幹得好，英雄。**』

「……真是的。」

我用柔和的語氣說道。

我咬著嘴唇，彷彿在忍住笑意，然後獨自輕咳一聲，我開始寫筆記本。

『幹得好，英雄。』

明天是星期四，我下次會在星期五醒來。

我莫名感到有些期待。

神路國中學生證
以茲證明此人為本校學生。
神路國中
姓名：坂本雪瑚
年級：1年9班 座號：13
成績：D 組別・幹部：圖書組
社團：文藝社 血型：A
理組文組：？
將來的夢想：電影導演
喜歡的東西：哥哥偶爾煮的蛋包飯
興趣：小說、部落格、哥哥（？）
討厭的東西：畫師強烈推薦的碳酸飲料
專長：跟蹤、偷拍
好想要口水濕濕地舔……哈啊哈啊。
神路國中
KAMIJI
Junior High School
神路國中校長印
櫻姬高中學生證
櫻姬高
以茲證明此人為本校學生。
姓名：真田霞
年級：2年2班 座號：18
成績：C 組別・幹部：健康股長
社團：家政社 血型：A
來的夢想：護士
理組文組：文組
：與寵物（狗）玩耍
喜歡的東西：糖果（橘子口味）
：做糖果
討厭的東西：薄荷
唔唔……
這裡也有胸部……
SAKURAHIME Senior High School
櫻姬高中
櫻姬高中校長印

Tomorrow, I will die. You will revive.

CUT4

今天我在約會，老實說很緊張

自從我與夢前光展開奇妙的同居生活，已將近一個半月。

我也漸漸習慣與那傢伙的同居生活，之後沒有發生任何問題，過著風平浪靜……怎麼可能！我自己明明也曉得！

「我到底在幹什麼……」

接近五月尾聲的星期天。

我現在正在參加地區性的清潔義工。

「哎呀～感謝有年輕人願意參加，讓效率倍增！你長得這麼凶惡卻很懂事耶！」

自治會老爺爺的這番發言真不曉得是褒還是貶。

「喂，大叔！不要亂丟垃圾啊！」

「噫！對……對不起！」

不遠處可以看見一群頭髮染得五顏六色，身穿運動服的人單手拿著垃圾袋清理水溝的神祕景象，那群人正是之前那個龐克頭所率領的小混混集團。他們好像在威嚇行為不端正的路人，但應該沒有什麼大礙。

「為什麼會變成這樣。」

雖然我忍不住大吐苦水，但原因自己再清楚也不過。是夢前光。

那傢伙似乎不滿我受到鄰居的冷眼相待，於是開始參與地區性服務。導致我原本已經只剩下一半的假日正日漸減少中。因為她不是在做壞事，所以我也不好多說什麼。

「坂本先生！這一帶的垃圾已經清完了！」

「咦？啊，那你去幫忙老奶奶她們好了。」

「是的！」

龐克頭氣勢十足地說完後，立刻衝去幫忙那群老奶奶。

不知不覺間那傢伙莫名其妙變成了我的小弟，每次碰面時還會對我說：「辛苦了！」我可不是流氓好嗎！

順道一提，我問他為什麼那麼愛向女生搭訕，他回答：「我想跟對方合照，然後設成手機桌布沉浸在幸福之中！」多麼微不足道的願望。我可是第①項喔，第①項。

看著龐克頭被一群老奶奶使喚也沒有意義，於是我將視線移開，這時我突然抬起頭看向天空。萬里無雲的晴朗天空，然而我卻是嘆氣聲連連。

原因？當然是因為那傢伙。

夢前光。

本來以為那傢伙遲早會安分下來，結果她的奇怪行徑逐漸愈演愈烈，這幾天幾乎將我的形象破壞殆盡。

性感美夢的獲勝報告不但日漸增加，我的體格也明顯變得強壯了起來，我帶給人的恐懼感跟著更上了一層樓。

然後是人際關係也變廣了，手機上的女孩子號碼不斷增加，每天都會收到陌生人的大量簡訊。

我來舉個例子。

『一起去買衣服』一類的。

『下次再去唱歌喔！』也有這種。

於是我查看了寄件備份。

『我好想跟小咪對唱！啾☆』

甚至用了讓人不舒服的表情符號。這真是太可怕了。要是凶神惡煞的小混混傳來這種簡訊，肯定會想剃頭出家。

還有房間增加了不少可愛的布置（但是沒有打掃），除毛做得非常完善（包括腳毛），收到一大箱包裹，打開來一看結果是動畫女性角色的抱枕（之後還光明正大地晾在陽台，形同對我公開處刑）。其他還有一大堆形形色色的事情，讓我的形象大崩壞。

啊，有件不重要的事，雖然上次那個白色拼圖的進度有如龜速，但似乎有在慢慢拼完。目前拼圖表面已經可以看出這段文字。

『為什麼露內褲會害羞，穿泳裝卻不會害羞。』

這傢伙到底想要幹嘛？

然後，最近似乎也增加了男性友人。

『應該要用什麼形象去參與男性同胞之間的情色話題？』

她曾經寫過這句話。

於是我回答「用硬派作風」。

『看那種情色動畫，還敢自稱是硬派。』

結果她這麼回我。一開始讓她知道影片資料夾的存在真的是我的一大失策。

——總之我的生活正一步步產生劇烈的變化。

「因為夢前光嗎？」

我擅自想像著從未見過的那傢伙的長相，不知為何卻浮現一張有著燦爛笑容的美少女，我立刻猛搖頭，把影像從腦海中消除。不要再想了，那傢伙長得怎麼樣都無所謂，反正也不會有見面機會。

我為自己找藉口，然後用夾子把水溝中的垃圾用力丟進垃圾袋。

『小霞好可愛！是我超級喜歡的類型！巨乳類型！』

那天她也寫了這樣的話。

「她最近很常提到小霞耶。」

我因為慢慢變得強烈起來的朝陽瞇著右眼，在筆記本上寫上回覆。

班上的小霞。

這陣子跟她的接觸機會似乎增加了。

自從彼此坐在隔壁後，交談機會自然變多了，似乎也經常互傳簡訊。我不曉得她喜不喜歡動物，但存放在收件匣裡的大量簡訊，經常使用到企鵝、倉鼠符號。這樣感覺很可愛呢，給人一種女孩氣的感覺。順道一提，寄件備份匣存放著大量使用了●便、毛毛蟲一類的符號，讓人忍不住想問夢前光：妳是小學生嗎？實在不覺得兩人同樣是女生。學習一下何謂廉恥吧！

然後中午她會準備便當給我，所以我們會在班上同學的溫暖視線的注目下一起吃午飯。

夢前光似乎還說了這種話。

『我想吃了妳——啊，說錯了！是想吃妳親手做的料理～！』

要是被控訴性騷擾我可不管喔。但卻無法置身事外，讓我感到很懊悔。

拜此之賜，不但每天班上的男生對我釋放怨念波，女生則用「有在交往嗎？乾脆交往吧？」攻擊光束削減我的ＨＰ。

「看來她真的很喜歡小霞。」

今天筆記本上幾乎只有寫小霞的事情。

『嬌小的身體好可愛！』一類的。

『小霞的兩條辮子好萌——！』類的。

『體操服＋馬拉松＋女孩子的汗水×胸部＝進擊的巨乳！』一類的。

『好柔軟！她讓我摸了！好柔軟！』一類的。

『啊，好想撲倒她』一……類……的……

「……………………咦？」

讓她……摸過了……？

……………

「哇啊啊啊啊啊啊啊啊啊！」

等等！給我等一下！

她剛剛說了什麼？讓讓……讓她摸過了！

「那個笨蛋！在搞什麼啊！」

還沒睡醒的腦袋一口氣清醒了過來。

那個可惡的笨蛋蠢女人！這樣未免太過火了！

我連忙目不轉睛繼續閱讀下去。

『我是開玩笑的啦。是打男女混合排球的時候，用胸部接住扣球的時候，搖晃得很厲害！因為很有趣，所以我對她使出了好幾次扣球喔！雖然她看起來很難為情，但好像也沒有不願意！讓我保養了眼睛。』

不，這樣也很不妙吧！拜託小心一點啦！

然後下面還有——

『真羨慕小霞耶，不但胸部大，腿也曾經很光滑。』

這麼一段文字。

「為什麼是**『曾經』**？為什麼是過去式？」

可能料到我會吐槽，她在筆記本底下先回答我了。

『呼嘿嘿嘿。讓我來告訴保有貞潔之美的坂本同學吧。那類型的女孩子只要對方來

硬的，就會無法拒絕。而且那類型的女孩子往往比一般人還要來得欲求不滿。所以這只是各取所需，只要不會被告就好了！嘿嘿。』

「那個笨蛋真是夠了……」

我繼續閱讀日記。

『而且坂本同學跟我喜歡的小說人物很相像。所以沒問題的啦！』

「這跟這有什麼關係啦。」

我現在應該用什麼表情去學校才好。

從窗外傳來麻雀的叫聲，彷彿是通往地獄的ＢＧＭ。

啊啊，真不想去學校……

「來，趁現在沒有任何人！」

「可……可是，萬一被拒絕的話……」

「不要緊！鼓起勇氣吧！」

在溫暖的季節上課，就彷彿不斷被引誘入眠，經過這段煎熬的時間，來到了放學後。

一向對社團活動不熱衷的我，一如往常準備回家，卻有股龐大的力量不讓我走。
原因出在不遠處的女孩子身上。
「來，小霞！不快一點的話，坂本同學就要走了喔！」
「不要緊的！」
「加油！」
雖然現在很流行主角不懂女孩子心思，卻又極有女人緣一類的小說跟漫畫，但遺憾的是，敝人坂本我不但個性懦弱，還擁有一對敏銳的耳朵，不經意聽到這些對話，讓我陷入想走也走不了的窘境。要來的話就趕快來吧。我從剛剛就一直呆望著手機裡的連鎖信，或是把課本從書包拿出來又放回去，藉此打發時間，但已經差不多快到極限了。要假裝沒聽到也是有難度的。
「來，快點去吧！」
「哇哇哇！」
透過眼角餘光隱約可以瞄到那群女生終於把小霞推了出來。
被推出來的嬌小少女，踏著不穩的腳步搖搖晃晃走到我的面前。
兩眼有如蠅虎般飛快移動著，整張臉則是呈現草莓色。
「嗯？怎麼了？」

總之我先試著向她攀談。

「請……請問，你……你現在……要回家嗎？」

「是，是啊。」

「那……那我可以，跟你……一起走嗎……」

「好，好啊……」

我們兩人的一來一往莫名讓人感到害羞。

我們進行完這段堪稱典範的甜蜜對話後，在眾人閃閃發亮的期待目光下，迅速離開教室。走到鞋櫃前一路飽受好奇的目光，「對不起……」小霞為此向我道歉，她的這個舉動顯得可愛到不行。

我似乎可以明白那傢伙會迷上小霞的原因了。

於是走出學校後的我們，目前正在公園休息。

「朋友說這家很好吃……」我們在小霞不太有把握的冰淇淋店購買了杯裝冰淇淋，肩並肩坐在長椅上。

雖然陽光很溫暖，但風仍帶著涼意。

加上冰淇淋更是雪上加霜。簡單來說，我感到很冷。

冰淇淋是錯誤的選擇吧，我邊想邊看著正在散步的狗。這就是所謂的約會嗎？小狗狗，快告訴我吧。

「然……然後啊，姊姊她那時候……」

小霞從剛剛一直在跟我閒話家常，只是她明顯感覺得出很緊張，講話結結巴巴的，所以我只聽得懂一半。我的致命缺點就是不擅長與人交談。應該要怎麼面對這股氣氛啊。

「然後，那時就……啊……哈啾！」

耳邊傳來可愛的噴嚏聲。

提到打噴嚏，因為最近額頭貼著ＯＫ繃，於是我問夢前光她是不是跑去打架。

『是因為打噴嚏而不小心撞傷的。』

她這麼回答我。

連大叔也打不出這麼具有威力的噴嚏好嗎！

「…………………」

這種時候身為男人應該要把外套披在對方身上吧。

我有些猶豫地解開上衣的鈕釦，但因為手凍僵而無法好好解開。可惡。

「啊……」

要是小霞沒有注意到就好了，但似乎被她發現我打算脫下上衣。

原本就已經因為手忙腳亂而無法好好解開釦子，結果因為小霞提心吊膽地看著我，讓我更加焦急。我難為情到想死的地步。這是兩個戀愛新手不適合在一起的完美例子。如果有一邊比較遲鈍就好了。為什麼兩邊都很敏感啊。

「來，穿上這個。」

我苦戰了大約兩分鐘（這段期間不發一語！）把好不容易脫下來的上衣披在小霞的肩膀上。

「謝謝你……」

小霞露出靦腆的表情向我道謝，一瞬間我們的視線相交。多虧我有努力脫衣服。

然而——

「哈啾！」

我感到一陣寒意！

因為只穿一件T恤，我整個人快冷死了！

而且仔細一看那件T恤，上頭印著「烏龍麵星人」的俗氣圖案。反正一定是那傢伙準備的吧，不但寒冷又很丟臉！我該怎麼辦才好！

「………咦？」

正當我感到手足無措時，發生了意料之外的事情。

「……嗯……」

有人湊近了我凍僵的身體，那個人正是小霞。

老實說這種體型的女孩子靠在身旁一點取暖效果都沒有，但某方面來說，我的確感到溫暖。應該說很熱。

「謝謝……」

雖然我覺得道謝很奇怪，但不做任何表示也不太好，所以我簡短地道謝。

糟了，她身上的味道好香……

「坂本同學有在鍛鍊身體嗎？」

「咦？算有吧。」

「這樣啊……」

然後我們陷入不自然的沉默。

完蛋了，心跳的速度變得不受控制。我要死掉了嗎？我會死掉嗎？

「我……我一直誤會了坂本同學。」

「嗯？」

頭靠在我的胸膛旁的少女輕聲繼續說道：

「我以為你很冷酷又可怕，呃，以為你不是好人。」

「嗯，是喔……」

我想也是。

雖然現在漸漸融入班上，但我之前可是在班上格格不入的小混混啊。她會那樣覺得也是無可奈何。她想必很害怕我吧。

「不過，事實卻不是這樣。坂本同學其實非常堅強又可靠，是個很有勇氣的人，個子很修長又帥氣，人很有趣又可愛。雖……雖然有點好色，但我覺得也無傷大雅……」

儘管好幾個形容詞讓我感到一頭霧水，但我決定不追究。因為我一定會想抓狂的。

小霞簡直把我捧上了天。

「我從來不曉得坂本同學是這麼棒的人……所以，那個……」

很棒……嗎……

「討厭，這樣根本就像是……坂本同學？」

「這樣嗎？我自己都不曉得呢。」

我這個人——

在班上格格不入，不但沒有朋友，也被鄰居看成麻煩人物。

無論在哪都是孤家寡人的我，沒想到可以成為班上的英雄。這是在之前完全想像不到的。

「那傢伙很厲害耶。」

「坂本同學？」

小霞露出不安的表情看著我，讓我回過神來。

糟了，我想到一些奇怪的事情。

「啊，抱歉。沒事。」

「是嗎？」

之後我們繼續聊著充滿青澀又甜蜜的對話，等到天色暗了下來，才離開公園。

離去時不知為何小霞忸忸怩怩地說了：「慣例的……」因為不曉得她在說什麼，我只能表現出困擾的模樣，結果她明顯露出沮喪的表情，說完「再見……」我們便道別了。

是怎麼回事？她最後說的那句「施與受……」讓我莫名在意。

『必須培養服裝品味！隊長！』

來到了後天。我已經完全習慣跳過一大的生活。

一如往常翻開筆記本，一如往常的亢奮情緒，一如往常用旁若無人的語氣寫了一堆讓人看了不耐煩的東西。

「買那種T恤的人有資格說我嗎？」

老實說那傢伙完全沒有品味可言。

只要看看房間裡一直增加的雜物，就可以明白她跟我的興趣差了十萬八千里。

說要買觀葉植物的時候，明明為了要買仙人掌還是木薯煩惱了一陣子，最後不知為何買了香芹，讓我見識到她的突發奇想。什麼？是要吃嗎？長大就要拿來吃嗎？不過我討厭香芹。

於是我委婉地在筆記本上拒絕她，後天得到了有些出乎意外的回答。

『不可以！不好好打扮的話，是得不到女孩子的青睞的！坂本同學其實長得滿帥的，要有自信！』

「…………」

咦？真的假的？

我不小心過度解讀她的這番話。

呃，不過我想應該沒必要過度解讀。

然後底下寫著『**坂本同學在我心中排名最想被撥弄頭髮的人第二名！**』那是什麼感覺很癢的排名。

我看向沙發，上面放著一套那傢伙準備的衣服。

放在最上面的紙條寫著『**我試著把坂本同學改造成大帥哥！這下你們肯定會被譽為俊男美女兄妹！我也買了妹妹的衣服，你要讓她穿上喔！**』仔細一看，旁邊放的是女性的洋裝。

「哎，機會難得嘛……」

雖然有種中計的感覺，但既然她都買了，不穿也很浪費，所以我試穿了一下。是夏裝啊。

「咦？感覺不錯耶？」

雖然自己講有點奇怪，但超乎我的預期，自己在鏡子裡身穿便服的模樣沒有想像中來得差。搞什麼，原來我也是可造之材啊！然後，夢前光我說妳啊，明明就品味還不錯，為什麼還買那種T恤啦！

「嘿嘿，感覺心情不錯。」

因為我一直以來都不在意穿著，看見打扮後的自己有股新鮮感。打扮一下也不錯耶。我隨便擺出模特兒的姿勢。喀嚓！哈哈，這張拍得不錯喔，坂本秋月！

「對了，也有雪瑚的衣服。」

我突然想起了這件事，於是抱起買給妹妹的衣服，腳步輕快地走出房間。

那傢伙本身素質也不差，只要稍加打扮，一定可以變得很可愛。偶爾看看妹妹開心的模樣，來治癒一下身心吧。

「喂，雪瑚！可以打擾一下嗎？」

都是因為我一時被沖昏頭吧。

「嗯……唔……啊……」

「我要進去囉……啊？什麼？」

我太過大意了。

「還要……不行……」

「……什麼聲音？」

我豎起耳朵聆聽從妹妹房間傳出來的聲音。

「嗯嗯……那邊……不要……啊啊……」

「她是在講電話嗎？沒差。」

如同我先前所述，我太過大意了。

都已經聽到關鍵字，我還是毫無猶豫地轉動門把，打開了房門。

然後，我看見了。

是的——

妹妹不知為何衣衫不整躺在床上，臉頰紅潤，嘴角掛著一絡銀絲，擺出露出腋下的妖艷姿勢在Skype——！

「我——說——啊！要讓我講多少次啊！這一幕是『秋星』被青梅竹馬襲擊！是很重要的一幕，所以要畫成插圖才行！」

面對著電腦的妹妹沒有發現到我，只見她生氣地大吼：

「不是這樣，應該像這樣……總之不夠煽情！我需要情慾！這本小說就是以這個為主題！為什麼都聽不懂啊！」

然後妹妹做出更驚人的舉動——

「真是的，依然是毫無理解力的傢伙耶！我再實際演一次，所以給我仔細看清楚！七十二頁的這一幕，這一幕！這是最重要的一幕！這一幕應該是這種感覺，衣服被撕破，要露出腋下，煽情地喊著**『嗯哈啊啊嗯♥』**然後被奪去雙唇，充滿激情地緊緊抱住對方——喔喔喔喔喔喔喔喔喔喔喔喔喔喔喔喔喔！哥哥！你什麼時候來這裡的？」

「抱歉……打擾妳了……」

妹妹終於發現到我，讓我忍不住抱著新衣服往後退。

「呃，哥哥！你誤會了！等一下！」

「不，呃，不要緊的！雖然我不曉得怎麼回事，但不要緊的！」

「你……你在說什麼啊？不是這樣的——」

「總……總之我很抱歉！」

「哥——」

——啪噠！

沒有等她說完，我就將房門關上了，然後回到自己房間換回平常穿的衣服。

衣服這種東西果然還是要穿適合自己的比較好。

接著來到了後天。『你妹妹寄了奇怪的簡訊過來耶，發生了什麼事嗎？』筆記本上寫著這段話，於是我拿起手機一看。

『不是的！因為畫師太過缺乏理解力，所以我特地用skype向她說明！那傢伙是笨蛋！絕對不是我一個人在找樂子，這是場誤會！』

收到了這麼一封簡訊。我不管了啦。

然後我換上高中制服。嗯，果然還是制服最好，不會有任何問題。

接著跳到其他天。

「昨天是誤會！呃，是姊姊拜託我的！我沒有那方面的興趣！」

一去學校小霞便跑來拚命向我解釋。

又是昨天嗎。

「咦？啊……（發生什麼事了？）無所謂吧？要是妳喜歡那方面的話。」

我最近感覺變得愈來愈會打馬虎眼。

「你……你能夠理解就好了……嗯，我不是有所期待……」

小霞仍顯得氣喘吁吁，但看起來像是放下心來了。

不過，她似乎還有什麼話想說的樣子。只見她低著頭玩弄著手指，繼續說道：

「坂……坂本同學對那方面有興趣嗎……？」

「咦？啊，啊……」

可惡。又是含糊不清的問題。這麼一來只能賭賭看了。

「嗯，應該算有吧。」

如何！

「咦？有……有興趣嗎？」

奇怪？失算了嗎？

「是……是這樣啊。有興趣啊……那我也算有興趣吧……」

「也算？」

「沒……沒什麼！沒事！別在意！」

然後她不知道跑去哪裡。

「這次又是怎麼了啊。」

於是我將疑問寫在筆記本上。

「小霞怪怪的耶，怎麼了嗎？」

然後後天得到的答案是——

『我在AV區探險的時候，結果發生正巧撞見小霞的事件。』

「喔喔喔喔喔喔喔喔喔喔喔喔喔喔喔！竟然發生這麼尷尬的事情！」

這算得上是大事件！

『小霞嫌犯供稱：

——不是的！我是受姊姊之託才跑去租的！我姊姊是變態！

……這類讓人聽得一頭霧水的理由。至今尚未坦承犯行。

然而，員警表示，嫌犯手上握有圓盤狀的圓盤鋸疑似被用來作為凶器使用，從她死命隱藏凶器的模樣來看，因為實在太過可愛，於是便將她以現行犯逮捕。再者，若想知道凶器名稱，條件是一盒樂天哮熊餅來交換，拜託了。』

「那個蠢女人……」

我想起了白天的對話，感到苦惱的我最後跑去常去的超市買了常買的那盒餅乾。

呃，果然還是會在意的嘛，對吧。

雖然坂本同學我經常像這樣經常被玩弄於股掌，但偶爾也有我占上風的時候。

是在有次我不高興夢前光只會弄亂東西卻從不收拾，只好自己打掃房間時的事情。

我在床底下平常不會去注意的角落發現了一本小說。

「……喔喔。」

「這……這是……！」

剛剛是我閱讀內容後的感想。

然後隨便翻開那本文庫小說的某一頁。

上頭——

「呃……

『秋星，我們分手吧。』

『雪……雪雄，為什麼！』

『我都曉得。你瞞著我讓女人撥弄頭髮……』

『————唔！』

『謝謝你這段期間跟我交往，秋星，再見了……』

『等……等一下！喂，為什麼你走向屋頂？難不成想要尋死！』

『對不起。可是，我已經無法繼續下去了，我要一個人——』

…………唔……呵呵呵……噗呵呵……」

想到那本小的內容就讓我忍俊不住。真的假的？夢前光，真的假的？

「那傢伙原來對這方面有興趣啊。」

雖然我曉得她會從來不會放過有大量女孩子登場的深夜動畫，也收集大量的萌系漫畫，但不曉得她有這方面的興趣，沒想到她的涉獵範圍那麼廣泛。

我看了一下那本描寫少年之間跨越友情界線的小說封面，兩名耽美風格的少年臉龐相貼，是一張清新得有些詭異的圖。

是的，這就是所謂的ＢＬ小說。

這似乎是系列作，封面有標示第五集。書腰上寫著「ＢＬ作家雪丸所描寫的新式愛情喜劇《我將在明日逝去，而你將再死一遍》最新一集隆重登場！」。

「變得有趣起來了。」

難得抓到那傢伙的把柄，我將小說放在桌上，然後在筆記本上留下這麼一段話。

『沒想到妳有這種興趣（笑），要遵守規定4喔（笑）。』

感受著壓倒性的勝利，我將棒子傳給明天的我。

來到了後天，筆記本上——

『我哪有喜歡，只是剛好迷上而已！因為很流行所以我就看了一下。應該說這是性騷擾！不要對女生說這種話！吶，你曉得嗎？告訴你好了，其實其他女生都會看這種書。坂本同學，你太不了解女生了。笨蛋笨蛋笨蛋笨蛋！啊，因為你是處男，也不能怪你吧（笑）。』

寫了這段狡辯。

然後在筆記本的最後一頁。

『規定28：不准挖掘女生的祕密！至少要假裝不知道，討厭！』

增加了新的規定。

一想到那傢伙漲紅著臉，又氣又羞地寫下這些，便讓我沉浸在無比的優越感之中。

哇哈哈，偶爾讓我贏一下也無妨吧。

「她也有可愛的地方嘛。」

……哎，之後我沒有發現手機鈴聲被她擅自改掉，結果在上課響起「哥哥！電話喔！」對我使出了妹妹攻擊。這又是另外一個故事了。

她也曾經突然為我慶祝過。

『生日快樂！Happy Birthday——！』

這段話非但沒有讓我感到驚喜，反而有種惱怒的感覺，然後底下畫了一張小霞親吻我的圖。然後桌上有一個放在盒子裡的手錶，感覺價格不斐。

『沒有一支帥氣的手錶是不會受歡迎的喔！

——討厭，秋月同學的手錶好帥喔！

——哎呀，小霞的手錶停掉了，我來幫妳重新上發條。

——哇！不是那邊——啊啊！不行！

討厭！坂本同學是變態！』

變態是妳才對。

但問題不在這裡。

「我的生日不是今天耶。」

而且，手錶的費用是從我的戶頭領出來的。這完全算不上是生日禮物，是新式的詐騙手法嗎？

『順道一提，我的生日是七月十八號！（偷瞄，偷瞄）』

原來如此，是希望我幫她慶祝吧。應該誇她準備周到還是厚臉皮才好。我看了一下月曆，的確有畫上一個大圈圈。

「真是的，拿她沒辦法。」

想說難得，就買什麼東西送她好了。雖然有種被她巧妙誘導的感覺，但算了。畢竟是一年一次的生日。而且，她在最後面寫了一段話。

『這件事先擺到一邊，坂本同學，謝謝你總是對我那麼好，跟你在一起很快樂喔。以後我們也要一直在一起喔。』

明知道不像自己，但還是忍不住紅了臉。

「真是的，那麼想要我的禮物嗎？」

雖然是奉承話，但女孩子可以輕易寫出這些話真是狡猾耶。明明知道這一點，我卻仍感到有一股欣喜，讓我有些不甘心。

我一面想著這些事情，一面將手錶戴在手上。喔，好輕喔。仔細一看，這是丹麥的品牌。她挑手錶的品味真不錯。

「垃圾！這是垃圾！」

「雪……雪瑚……？」

是在某天的下午。

我從外頭回來後，在廚房的妹妹用大魔王般的聲音摧毀著蔬菜。

「等……等等，怎麼了？妳是吃錯了什麼東西嗎？」

「那個女人……摸摸明明是雪瑚的特權！我要毀了她！絕對要毀了她！唔唔……部落格上已經吵成一片，還在發言小鎮（註：讀賣新聞社所架設的投稿專區）被人耍，甚至成立了懶人包網站……欺人太甚！」

她……她病了……

雖然不曉得原因，但貿然接近她恐怕不妙，所以我決定放著不管。我逃回房間後，一如往常翻開筆記本。

『**唔～～～不是那種對象啊。**』

「她是想說什麼啦。」

她那天寫了這種內容。

要解釋為什麼會演變成這樣，就必須追溯到前天。前天寫在筆記本上的日記——也就是說，**『對了，雖然現在問有點晚，但坂本同學有喜歡的女生嗎？你喜歡過跟你通信的那個女生嗎？你對那個女生有什麼想法？』**夢前光在三天前在日記上寫了這麼一段。

於是我在兩天前回答：「我沒有喜歡的女生，也沒有跟那個女生交往。我們單純只是筆友，我沒有把她看成戀愛對象。」這個回答應該沒有什麼大礙吧。

結果今天一翻開筆記本，開頭就是剛剛那段話。

而且下一行是——

『哼～～～～』

然後接著下一行。

『哼～～～～～～～～～～～～』到底是多懷疑啦。

最後在下一行有這麼一段。

『處男。筆友少女。「我沒有把她看成戀愛對象（耍帥）」……好可疑。你明明很飢渴，一點都不像坂本同學。』她寫了這種失禮的內容。少管我！我才沒有飢渴成那種地步！

然後接著下一行。

『那你沒有被告白過嗎？啊，如果這個問題太殘忍，先容我說聲抱歉。』

她拋下了一個問題。

「妳的那份體貼才更殘忍。」
我的嘆氣聲在房間久久繚繞。
唉，一般來說，答案是「沒有」。
因為我根本沒有機會好好跟女孩子說上話。甚至覺得我一輩子都與告白無緣。
只是，我應該怎麼回答才好。
都高中二年級了，一次都沒有被告白過，感覺很可恥。
「不會被發現吧？」
只能說我輸給了多餘的自尊心。
『以前曾經被告白過一次，但我拒絕了對方。』
我硬是打腫臉充胖子。不過你應該可以體會吧？這是男孩子的天性吧？
然後偷偷問了一個我一直想問的問題。
我儘可能裝成不感興趣，不著痕跡地問。
『妳又是如何？』
「很自然吧……？」
我喃喃自語著，彷彿是說給自己聽。
因為這傢伙的個性很活潑，會主動展開攻勢也不奇怪。

也就是說，或許她有男朋友——

「…………」

我頓時五味雜陳，停止了思考。

到最後，心裡的疙瘩還是沒有消除，於是我強逼自己入睡，跳到了後天。一張開眼睛，我急忙翻開筆記本。

首先是確認她對我打腫臉充胖子的回應。

『一次嗎？有點意外。』

以上。

…………

這是……咦？

總覺得有些不對勁，我將視線往下移，上面還有一段話。

我深呼吸了一下，然後睜大眼睛對準那段話。

『祕密♥』

「……………………」

因為有種挫敗感，『我也沒什麼興趣就是了。』我衝動之下寫了這段話，但又覺得像是在嘴硬，於是打算擦掉，結果發現是用原子筆寫的，所以擦不掉，讓我後悔不已。唔啊啊。

「我到底在幹嘛啊……」

沒錯，我到底在幹嘛啊。

「你感覺好像很疲倦喔。」

「有很多原因啦。」

「呵呵，因為昨天很激烈嘛。」

「妳很愛用那個梗耶。」

某個星期二的上午。

因為那傢伙老愛熬夜，體育課只好請假，我拖著疲憊不堪的身體來到保健室躺著休息。

頂著一頭過長的馬尾，身穿白袍的日雲一邊搖晃著圍巾一邊跟我說話。她依舊還是一副感覺很熱的打扮。

「開玩笑的啦。話說回來，你最近很活躍喔。」

「活躍……啊。」

我眺望著白色的天花板，回想最近自己身上發生的事情。

既沒有朋友，也沒有女朋友。

無論在學校或是在家都格格不入，校內第一的超級小混混。

這些已經是過去式。

雖然現在還是沒有女朋友，但在班上已經有幾個可以稱作朋友的傢伙。因為沒有交過什麼朋友，所以不太清楚朋友的標準，讓我有股淡淡的悲傷。

與家人的關係也不像以前那樣劍拔弩張，與妹妹說話的次數似乎也增加了。

因為經常參加義工活動的關係，偶爾會聽到鄰居誇「反抗期結束了呢」。我果然給人那種印象啊。

在學校的狀況也似乎正如日雲所言，雖然不曉得老師是怎麼看待，但至少我好像滿受到同學們的信任。證據就是，最近常有人拜託我或是找我商量。這應該說是建立起聲譽了嗎？好像不太一樣？

「我改變了嗎？」

我突然冒出這麼一句話。

正當感到不妙時，看來日雲似乎沒有聽見。她不知何時消失了蹤影——咦？她跑去哪了？

「捕獲成功。」

「喔喔！」

有道聲音從頭頂上傳來。

日雲跨過我的胸膛，整個人騎到躺在床上的我身上。

喂——不要穿著迷你裙張開腿啊——！不要撩開衣領啊……！

「你這樣子就動不了了吧。呵呵，你在看什麼地方？」

「我才沒有看咧……」

這個人實在很煩人。

真是的，話說回來，她為什麼這麼喜歡我？一開始對我釋出好意的也只有這個傢伙，真是奇怪的傢伙。

「……老師很擔心你喔。」

「啊？」

這麼突然是怎麼了？為什麼會演變成這樣？話說回來，快點從我身上下來啦！

「吶，秋月同學，要跟老師做嗎？如果秋月同學，老師願意喔。老師會保．守．

祕・密・的。」

「到底為什麼會演變成這樣啦？妳快點給我下來！」

「不想做嗎？」

「不想。」

「真的嗎？」

「真的。」

「你說謊。」

「是啊，我說了謊。」

一股討人厭的沉默混進了操場傳來的嘈雜聲之中。

可惡，是怎樣啦。為什麼要露出那種複雜的表情。

「秋月同學，你太善良了。老師很清楚，你每次都以別人為優先。總覺得你遲早會為了別人而說出『來，請用』並獻出自己的性命。你可以活得更自我喔。」

「…………」

雖然想問她到底想說什麼，但老實說我沒資格反駁。

因為我已經把一半性命分給別人了。我也覺得自己是大好人。

「你是會對心上人百依百順的那種人吧？」

「才不是這樣——」

我對自己移開視線這件事感到有些後悔。

「那個綁辮子的女孩子？」

「……不曉得。」

日雲把自己的食指舔得濕答答的，一面這麼問我。

我思考著如何搪塞，但感覺反而會露出破綻，於是決定保持沉默。拜託趕快罷手吧。

「對心上人百依百順未必都正確喔。要是欺騙自己的心意，會後悔一輩子的。後悔就像是對沒有做過努力的人所做的處罰。若要一輩子承受著這個處罰，人的生命就顯得太短暫了。尤其是某個人的情形——」

「…………」

她彷彿像在跟我以外的人說話，注視著我雙眼最深處，說出了這些話。

不知為何，我感覺她是在說給那傢伙聽。是我想太多吧。

「我開玩笑的。呵呵，你好可愛。」

然後日雲——

「嗯……」

輕輕一碰。

「很遺憾，老師話就說到這了。」

她用濕濡的食指在我的嘴唇上抹了一圈，然後收回手指。同時，我的身體終於從她的束縛中解脫。

「還有一件事，我還是覺得你留短髮會比較帥。」

她說完便離開了保健室，我對著那個身穿白袍的身影嘆了口氣……到底是怎麼回事。

「……她是認真的嗎……」

濕濡的指尖留下了甜美又冰冷的觸感。

這股觸感擾亂著我的內心，讓我不禁吞了吞口水。

從學校回來後，我換上家居服，然後翻開了筆記本。

因為今天早上比往常還要匆忙的關係，害我不小心把筆記本忘在家裡。所以今天是第一次翻開筆記本。

哎，反正一定沒有寫什麼重要的事情。

『【處男快報！】有人目擊小霞在藥房購買橡●果實（註：暗喻保險套）！只差一步了！終於來到這一步了！我要成為快賊王！』

「居然寫了天大的消息——！」

騙人！

不，這……咦咦咦咦咦！

等等，等等，冷靜一下。這很有可能是夢前光的謊話。要冷靜。

不過，今天小霞好像顯得比平常還要奇怪……

女生看我的眼神也比平常還要顯得閃閃發亮……

…………

「哇啊啊啊啊啊啊啊啊啊啊啊啊啊啊啊！」

我不知道了啦！快忘掉！我要趕快忘掉！

我因為這股莫名的興奮在鎮上跑了一圈，衝回房間後接著做了自衛隊式腹肌鍛鍊法，然後倒立著大喊：「占地菇占地菇占地菇占地菇占地菇鴻喜菇！」然後整個人倒栽蔥摔下來後，才終於恢復了正常。冷靜。我要冷靜。現在還不是慌了手腳的時候。不要用電燈拉繩打拳擊了。我快住手！

「呃，有沒有寫其他事情？」

做了無謂的事情把體力用盡後，我再次閱讀筆記本。

『最近常被問到「喜歡的類型」，我跟坂本同學的說詞最好統一一下比較好吧？總之說自己萌巨乳、白皮膚、個子嬌小、雙辮子就行了吧？』

「根本是在說她嘛。」

這傢伙難得會徵詢我的意見。

可能是因為跟小霞有關，所以才會慎重起見吧。

「類型嗎？」

我重新思考了一下。

外表……呃，我並不是很在乎。

外表可愛的女生固然好，但最重要的是內在。外表充其量只是裝飾，不能因為外表凶惡而有差別待遇。萬萬不可。

我擦拭著汗水，繼續思考。

說到個性，果然還是開朗的女生比較好吧。

然後希望是隨時充滿精神，會激勵我的女生。

其他的話，有些愛逞強跟固執的個性似乎也不錯，不會察言觀色又任性，但內心很強韌，這麼一想感覺就很有魅力，還有喜歡惡作劇也是……

…………………

…………

……

「我在想什麼啊？振作一點！」

我用頭猛敲桌子，高聲大喊。

不是，不是！不是這樣的！

「可惡，可惡，騙人的吧……」

不知為何腦海中開始閃過日雲的那張賊笑，我再次拚命搖頭。夠了，快來人把我殺了吧！沒有手槍嗎？

大鬧了一會兒後，我撲到床上。

——我從來不曉得坂本同學是這麼棒的人。

我的腦海中充斥著小霞的那句話。

真的假的，我是當真嗎？
「我也從來不曉得那傢伙是——」
那麼，那麼的——

●◖◖(☼)◗◗●

『告白來了——！終於來了！終於來了喔————！』
正當我疑惑為什麼鬧鐘比平常調得早許多，馬上有了答案。
原來是這麼一回事嗎！
「哇喔……」
不知為何從口中發出這句驚呼。
筆記本上繼續寫著這麼一段話。
『她說希望跟你交往喔！我說我想要好好回答，所以請她等一天！我幫你做好準備工作了！剩下就看你了！去好好下決定吧！』
從字裡行間中感覺得出她很開心。

然後最底下──

『我幫你剪好指甲了。』

寫了這句話。

「…………………………」

從她的語氣就可以清楚明白到。

這傢伙是多麼開心地寫下這些話。

可是，正因為如此，我──

我約小霞在沒有使用的空教室碰面。

放學後的校舍沐浴在夕陽餘暉中。

是這個女孩子喜歡的橘色，既溫暖又柔和的顏色。

從遠處傳來管樂社的演奏聲，黃昏的天空所發出的皸裂聲彷彿也夾雜其中。

這道皸裂肯定無法修補了。

「對不起，我不能跟妳交往。」

這段話說得比想像中還要順暢，讓我不禁感到驚訝。

無論是心跳聲還是耳鳴，全都像是陷入失控。

「……我不要。」

「對不起。」

意外的是，小霞沒有移開視線。

她沒有哭，也沒有發抖，彷彿忘記了這些反應，只是站在原地。

因為這樣屈服於對方也很奇怪吧。

我忍耐不下去，最後還是移開了視線。

我不想看到她傷心的臉。如果可以的話，我甚至希望夢前光可以代替我。不過，我還不至於沒用到這種地步。

所以，我不得不讓她哭泣。

「為什麼……？」

小霞輕柔不已的聲音，彷彿像是墜入夢鄉的聲音。

像是在忍耐，像是死心，卻又無法死心。

在我耳裡聽起來，她用那般聲音責備著我。可能是我自作多情。

「我有喜歡的人了。」

我感覺自己說了很過分的話。

雖然美麗，卻又無比殘忍的話。

「她是一個任性妄為，動不動就生氣，卻老愛惡作劇的笨蛋傢伙。做事從來不會考慮到後果，不但沒有常識，還完全不會為其他人設想。真的是很糟糕的傢伙。總是讓我感到困擾，也常常覺得她很煩人……可是，那傢伙擁有許多我所沒有的東西。然後，是讓我徹頭徹尾改變的人。我從以前就很討厭自己，但因為那傢伙的關係，我變得有些喜歡自己了。我生來第一次有這種感覺。所以，所以……我——」

之後我就接不下去了。

因為我沒有勇氣繼續說下去。

「妳喜歡的不是我。所以，對不起。」

「我不懂你的意思……」

憤怒的話語化為淚水滑落地板。

我能做的只有道歉。

「……那個女孩子是誰？」

「…………」

「……我覺得……我比那個人還要喜歡坂本同學。」

「……我也這麼覺得。」

「……即使這樣還是不行嗎……？」

「對不起。」

「…………嗚。」

我無情地踩碎了她最後的抵抗。

「……算了。」

懷抱著激情，灑落著悲傷，她轉身離去。

透過她的背影，我明白到她一輩子都不會原諒我。

地板上留下的淚痕。

到最後始終沒有消失。

●●◗◗○◖◖●●

後天。

我的房間像是歷經了天崩地裂。

不曉得要如何形容這個遭到破壞殆盡的房間，於是我輕嘆了一口氣。算了，正如我所料。

身體很沉重，眼睛也很脹痛。

手上的疼痛是來自擦傷。她應該是捶了牆壁吧。

我拿起手機打算確認時間。

『你在想什麼啊？蠢哥哥！去死吧！』

有一封妹妹傳來的簡訊。

為了知道前因後果，我點進寄件備份匣，**『這個悲劇會喚醒禁忌的午間連續劇！妹妹啊！快來安慰哥哥我吧！』**裡面塞滿了將近三十封這類噁心的簡訊。

「……只能自我安慰她只做到這個程度就放過我了。」

散亂一地的衣物，東倒西歪的家具跟雜物。

我一個接著一個清理這些宛如遭到颱風蹂躪的物品。唯獨香芹平安無事，應該是出自那傢伙的溫柔吧。

最後我將跑到桌子上的垃圾桶移開，翻開被壓在底下的筆記本。

上面寫著最簡單不過的話語。

『笨蛋。』

就這麼一句話。

「正如妳所言。」

我獨自低下頭致歉。

●●◖◖☼◗◗●●

「四點五十九分嗎？」

要是自己今天還是在床上醒過來的話，向來溫和的我也會忍不住想動怒，但她似乎有在努力。放在桌上的課本、參考書，一如學生該有的樣子，而被退到角落的筆記本——

『小光大勝利……要是這樣就好了……』

留下了一段像是臨死前的話。

「早上還很冷嗎？」

六月上旬的陰暗早晨。

看見與紅色呈對比色的詭異天空，我喃喃自語著。

「看來應該沒有搞錯時間吧。」

期中考在即的憂鬱月初。

我在偶然之下發現了某件事。那就是「我們交換身體的時間是固定的」。

至今我們都認為晚上睡覺，早上醒來就會對調過來。然而，我們對調的時間似乎是固定的。有次我熬夜準備考試，突然意識消失，後來在床上清醒。

透過這件事，我做了一個假設「只要到了某個時間，無論是否清醒，意識都會對調」，於是立刻進行實驗。

實驗內容是「讓夢前光熬夜念書到天亮，藉此調查對調的時間」。這麼一來，只要當人格一交換時，立刻看時鐘就可以知道兩人對調的時間。而且，也可以當作理由逼迫完全沒念書的夢前光熬夜念書。

夢前光那個傢伙明明老是熬夜。

『我不想熬夜到天亮。』

居然還耍任性說這種話。於是我在筆記本上用比平常還要強硬的語氣硬是說服了她。玩笑先擺到一邊，再不好好用功，真的就不妙了。基本上考試科目也是分成兩人各一半，所以負擔比一般要來得輕，所以好歹念點書吧。

結果，歷經數次的挫折（也就是夢前光中途睡著），今天似乎總算成功了。證據就是我現在想睡得要命。人格一對調就會想睡還滿痛苦的。

「消失點是在四點五十九分。在此之前一定要先睡著。」

不這樣的話，突然對調過來會感到混亂。

例如出現在視線角落的這杯咖啡。

這杯咖啡究竟是這傢伙泡的，還是已經冷掉的。

雖然是微不足道的小事，但突然一對調，不得不會存疑。除此之外，這杯咖啡究竟有沒有喝過——

「…………」

呃，就算是間接接吻，但對象還是自己耶。是數分鐘前的自己耶。不過，感覺上就是不太一樣。

「我要喝了。」

她是泡來給自己喝的吧，時機真不湊巧。既然都泡了，我就喝掉吧。

我思考著這些事，伸手握起杯子，喝下甘醇的咖啡——

「好燙！」

好燙！比想樣中要來得燙！

雖然冒著熱氣，但超乎我的預期！

「是剛泡好的嗎……啊？」

仔細一看壓在杯子下的杯盤，上面有一張紙條。

上頭寫著一句話。

『我猜時間應該猜不多到了。』

字跡看起來有些歪歪斜斜的。

「……………」

啊，原來如此，原來是這麼一回事。

我的內心深處升起一股暖意。

這段難懂的留言讓我忍不住笑了出來。

「夢前光，辛苦妳了。」

灰色的天空像是泛著一抹藍，彷彿會讓人忘卻塵俗的奇妙顏色。

如同闖入異世界，不可思議又令人興奮的開場時刻。

我注視著那傢伙稍早前也在眺望的天空，用那道甜美的顏色溫暖冰冷的身體。

●◗◗(☼)◖◖●

「這是怎麼回事？」

期中考順利落幕後，一個讓人恍神的晴朗日子。

我打開電腦，打算上網打發時間，卻發現了一個奇妙的資料夾。

被編輯愛心符號圖示的資料夾正大光明地擺在桌面正中央。資料夾的名稱是**『我真正的心意』**。

「…………」

真正的心意。

愛心符號。

…………

呃，我並沒有什麼興趣啦。呃，我想看一下應該無妨吧。

我吞了吞口水，呼吸急促地點開資料夾。

然而，卻像某個影片資料夾一樣設了密碼。可惡，竟然要密碼。

總之我輸入了所有我想得到的關鍵字，卻全部顯示錯誤。

「那傢伙會用的密碼……」

用我的電腦新增的資料夾，肯定是希望我去看。

我真正的心意。希望我去看。夢前光。我。夢前光。我。夢前光。

「…………」

「坂本光」

「亂……亂猜的。」

按下Enter。

密碼錯誤。

可惡。

「冷靜啊，我要冷靜啊。」

歷經小學生才會做的幼稚妄想後，我開始瞪著那個愛心符號。

雖然很在意，但既然不曉得密碼……可惡，只能放棄了嗎。那傢伙到底有啥企圖啊。雖然她一直都是這樣。

雖然還是有股牽掛，但我硬逼自己想開，連上了網路。

正當我想上網藉此轉移焦點時。

「啊。」

我發現了一件事。

上面留有陌生的瀏覽記錄。

「只有那傢伙吧。」

本來只有我一個人在使用這台電腦。

也就是說——

上面顯示的陌生記錄是那傢伙留下來的。

可以曉得那傢伙平常都在看什麼。

可以一窺她的隱私。

「…………」

怎麼辦。

可以點開來看嗎？

難不成會出現色情網站——

…………

「只看一下應該沒關係吧。」

雖然知道自己這麼做很狡猾，但我的隱私也早就被她看光了。像上次她把影片資料夾設成以檔案瀏覽次數排列，光榮排在第　位的影片名稱是『**用完衛生紙的次數不會輸給任何人**』，讓我感到非常反感。好，不需要客氣了。

「先從上面開始好了。」

我循著好奇心打開網頁。

出現的是放滿貓狗照片的網站跟購物網站，也有不少影片網站跟電影的官方網站，她似乎也經常泡在網路留言板。

除此之外，搜尋記錄有【鬍子　剃法】、【起床　滅火方式】、【高中生　平均】一類的關鍵字，甚至還有【性感美夢　目擊情報】。怎麼可能會。咦？沒有吧？

然後是【雪丸　新書】、【男孩子　弱受】、【我將在明日逝去　名台詞橋段】等神祕的搜尋記錄，其中最讓我在意的是——

【男朋友　生日　禮物】

這一個搜尋記錄。

「…………………………………」

……男朋友……………………男朋友。

這……呃？

嗯……

難不成，難不成——

——啪！

我忍不住在自己那張傻笑的臉上揮了一巴掌，然後甩了甩頭。

不要著急。冷靜。

光憑這樣無法證明就是我。而且，之後她還搜尋【色情遊戲　妹妹　推薦】，這也是一個大問題。嚴重的話，可能會要召開家庭會議。

我專注地繼續挖掘這些記錄，發現了一個意外的網站。

「……知識＋？這傢伙有用這種網站嗎？」

連結到的網頁是不管誰都曾經受過照顧的「Yahoo!知識＋」。

而且她不光只是瀏覽，也在上面發問。她是問了陌生人什麼問題啊？

「我看看，我來看看妳問了什麼問題。」

首先第一個看到的問題是——

『坂本同學的身材魁梧，那邊卻很可愛。請問這樣異常嗎？』

「妳在胡扯什麼啊！」

而且還直接說出我的名字！不會用朋友稱呼就好嗎！

下面是一連串「坂本先生的身高多少？」「那邊的尺寸多長？」等問題，夢前光則老老實實一個個回答。妳給我等一下啊……

「那傢伙在做什麼啊？」

我不耐煩地瞄向其他問題。

『坂本同學很愛計較，全裸睡覺的話會惹他生氣。不覺得太小心眼了嗎？』

『我叫坂本同學剪頭髮，他卻死都不剪。明明剪短一定比較帥。』

『對了，我有點擔心坂本同學的髮際。』

『啊，所以他才會留長頭髮吧？好好笑～（笑）各位有什麼想法嗎？』

她問了一堆這類的問題。

要問我感想的話，我現在很想報復明天的我。要是有人有好主意，拜託告訴我。

「竟然把人家在意的事情講出來……」

雖然我納悶怎麼會有人回答這種無聊的問題，但原來世界上的閒人真的多到不行，居然每個問題底下都有人回答。

比方說「ＨＮ：飄雪的夜晚」的回答。

『我哥哥也是小尺寸。不過我知道一到了早上……』

感覺有些引人遐想。

其他像是「ＨＮ：保健室的積雨雲」的回答。

『頭髮長的男孩子抱有自卑情結的傾向很高，從妳的話可以發現，或許他對尺寸小感到煩惱，可是尺寸小不是罪過。通常這種男孩子會虛張聲勢，愛逞強。請用內心嘲笑對方，並默默給予關愛吧。』

這個回答刺痛了我的耳朵跟內心。而且居然是最佳解答。可惡。

「真是的，淨是做這種蠢事。」

我意志消沉地繼續爬文。

『我成功整到坂本同學了！下次要怎麼整他才好？』

『無論我做什麼都會原諒我的坂本同學好萌——！男孩子很可愛吧？』

『洗完澡的坂本同學讓我有些小鹿亂撞！有人懂這股心情嗎？』

『血管！手臂的血管摸起來軟軟的！不覺得男孩子的血管很迷人嗎？』

『坂本同學還是很笨拙耶，不過這類型的人很萌吧？某方面來說。』

『坂本同學的朋友很少耶，明明他人很好。我應該要出手相助吧？』

『我想幫坂本同學交到女朋友！他一定會高興吧？』

『我調查了一下坂本同學的興趣。發現他老是看巨乳影片，所以代表喜歡巨乳吧？』

都是這一類的。

與其說是發問，問到一半開始像在寫部落格，不過可以清楚感覺到那傢伙很開心。

「……太好了。」

老實說我有些懷疑。

她是不是私底下在逞強。

為了掩飾自己，所以裝出開朗的模樣。

我放心地嘆了一口氣，看向最後的問題。

『為什麼他沒有跟對方交往啊？是我多管閒事了嗎？』

「為什麼嗎……」

那晚我在筆記本上這麼寫。

『抱歉，我對妳說謊了。其實我有喜歡的人。所以，我無法跟小霞交往。抱歉，一直隱瞞著妳。』

「…………不會被發現吧。」

這句話在腦海中不斷重複著，最後化為聲音。

之後夢前光再也沒有提起小霞的事情。

可是，她不可能不會在意。只是，她什麼也無法做而已。

「應該讓她知道這件事吧。」

我將不安與一絲期待投注在文字上，然後沉入夢鄉。

後天，看完筆記本後，我帶著一股安心與一絲惋惜將內容唸了出來。

「『謝謝你告訴我。對不起，是我自作主張。雖然我想用自己的方式答謝坂本同學的幫忙，結果是我多管閒事了。也很對不起小霞……拜託你儘可能用普通的態度對待小霞。因為突然跟她保持距離，會讓她受傷。我也會儘可能關心小霞。真的很抱歉。然後，然後，你果然有喜歡的女生！真是的，不需要害羞嘛！其實坂本同學長得滿帥的，而且懦弱的個性會激起母性本能，一定會順利的。坂本同學，加油！我會支持你的！』是這樣嗎……」

然後在底下畫了抱著我的夢前光。

這段難懂的話讓我感到既開心又難過。

不過算了。

「真是沒辦法。」

我們的距離又近又遠，背對著彼此。

明明比任何人都還要靠近，卻無法觸及對方，也無法交談。

將一直持續到死，死後也會持續到永遠。

所以，我只能夠死心。

只能夠——死心——

「唉……」

雖然這個形容很噁心，但這個世界上肯定沒有一個男人比我的心情還要晦暗不清。

要是見到那傢伙，這份心情一定會有答案。我這個想法也只是在逃避現實吧。

「……去學校吧。」

我懷抱著與自己格格不入的惆悵，心不甘情不願地將筆記本闔上。

一如往常的上學差點遲到。

我看著烏雲密布的天空煩惱了一陣子後，沒有撐傘就衝出家門。應該不要緊吧。

是的，我這麼心想。

是的，我這麼希望。

可是，這個世界卻不肯放過她。

Tomorrow, I will die.
You will revive.

CUT5

我在今天與妳邂逅，而他決定復仇

總覺得她不太對勁。

在六月下旬的某個早晨，我的這股疑惑轉變成了確信。

正式進入梅雨季的憂鬱季節。

看見筆記本上的文字，我感覺到了不對勁。

「她是感冒了嗎？」

但我隨即察覺這是不可能的。

寫在筆記本上的日記似乎少了一股活力，更具體地說，有種像是處理公事的態度。

雖然她的日記從以前就寫得不夠詳細，但現在給人一種冷淡的感覺。

最近不但完全見不到她最擅長的惡作劇，在學校好像也變得安分不少。甚至還被同學說：「打起精神喔。」讓我不知道應該如何反應。

漸漸被埋沒在房間角落的白色拼圖，也變得靜止下來。

『為什麼露內褲會害羞，穿泳裝卻不會害羞。

換句話說，問題不是出在裸露的面積多寡。

我覺得。』

現在拼到這個地方。接在後面的話讓人在意也不是，不在意也不是。

這個先擱到一邊，「妳最近如何？有碰到什麼困難嗎？」我在前天這樣問她。

『沒什麼事啊。』

結果她這麼回答。

「沒什麼嗎。」

遺憾的是，這傢伙用「沒什麼」這個字眼時，通常是在說謊。之前這傢伙擅自亂花錢，或是捉弄妹妹時，我們一直都是像這種言語往來。因為是雙心同體，這點習慣馬上就可以看出來。

「也不能……放著不管吧。」

不知是幸或是不幸，個性細膩的我不可能會不管自己的另外一半。

而且，我也有遭受牽連的可能性。畢竟那傢伙是我嘛。

我用這種微妙的理由反過來說服自己，總之決定先向身旁第二親近的少女尋求協助。

「……呃，你剛剛說了什麼？」

「我是說，妳覺得最近的我有沒有怪怪的地方。」

我的妹妹，坂本雪瑚。

我向自己的妹妹求助，不知道是升上國中後變得有女人味了，還是因為夢前光改造計畫的關係，她的髮型跟打扮感覺比以前更加成熟。

「這……呃……比以前還要疼我……會……一起……上次也……只是兄妹做那件事……唔唔……」

「呃。」

從西瓜皮進化成鮑伯頭的少女，忸忸怩怩碎唸個不停。

整個含糊不清。我不是這個意思。

「有沒有更明顯的變化？像是做出不同以往的行為。」

「……真是奇怪的問題耶。不過我沒有特別的印象。」

「是嗎……」

那傢伙要是想隱瞞我什麼，當然也會想辦法避免被我發現吧。嘖，沒有任何線索嗎。

不過，這麼特殊的同居生活不可能隱藏得了。

真沒辦法，我只能自己調查了。

「雪瑚，謝謝妳。抱歉問了奇怪的問題。妳可以把剛剛的事情統統忘掉。」

「呃。」

我轉身背對著狐疑的妹妹，準備回房間。

然而從背後傳來意料之外的話語，拉住了我。

「對了，那個男人是誰？你們感覺好像很熟。」

「咦？」

這句話讓我感覺肚子像是被揍了一拳。

喂喂，妳剛剛說了什麼……

「呃，唔，妳是說什麼時候的事情？我是跟誰見面了？」

為了避免表現出不自然，我儘可能用最簡短的方式問道。雖然習慣這種說話方式，但因為剛剛那個震撼發言的關係，讓我的心跳紊亂不已。

「我想想是什麼時候，我在咖啡廳看見哥哥跟其他學校的學生在聊天。記得好像是瀧高的制服吧？」

瀧高。是瀧王高中嗎？

是跟我毫無瓜葛的私立高中，印象中那所學校——

「看見哥哥會跟朋友在一起讓我感到很難得。那個爽朗型男是你國中時的朋友嗎？」

噗滋，噗滋，噗滋，噗滋。

少年被看不見的刺還是針還是矛還是魚叉貫穿心臟的聲音。

拜此之賜，從心臟傳來像是機關槍的聲音。

「……喔，對了，我是在上禮拜跟那傢伙碰面吧？呃，是哪間咖啡廳啊？」

我儘可能說得含糊，總算讓話題繼續下去。

『連自己去哪間店都忘了，你到底是有多笨？是『南極星』啦，那間深受情侶好評的店。」

啊……

「……………真的假的…………」

「哥哥？」

「……雪瑚，妳長大了呢。」

「啊？」

「哥哥我很高興喔，可以看見妳長這麼大的模樣。」

「你……你在說什麼啊？你要死掉了嗎？這個笨蛋……」

「嗯……我好想死……」

我留下這句話，頭也不回地走到自己房間。

混亂與叛亂正在我的腦袋中展開激烈大戰中。

這股苦悶的感覺到底是怎麼　回事……

「話說回來，為什麼雪瑚那傢伙會知道這種事？」

我將頭埋進枕頭中，含著眼淚在床上翻來覆去了十幾分鐘。

稍微冷靜下來後，我對這件事感到了疑問。

這件事現在先擺到一邊，現在還有更重要的事情。

我連上網路，凝視著「南極星」的網站。

從網站來看，感覺是一間頗有情調的咖啡廳，我從「光臨本店的客人部落格」點進去一看，都是「我跟女朋友看完電影後進去了這間店！是一間非常有情調的咖啡廳！」或是「聽著恬靜的ＢＧＭ，能夠讓人放鬆。我男朋友也感到很滿足。」一類的好口碑。

這是在炫耀嗎？

「瀧王高中的制服……」

我想起了那則新聞報導。

『瀧王高中女學生車禍身亡』

那是宣告夢前光殞命的新聞標題。

夢前光與穿著瀧王高中制服的男孩子見面。

瀧王高中。男孩子。坐滿情侶的咖啡廳。爽朗。型男。帥哥。

『坂本同學在我心中排名最想撥弄頭髮的人第二名！』

我想起了她以前說過的這句話。

第二名。Second。二號選手。第二候補。No. 2。唔啊啊。

「我明明曉得。雖然曉得……」

正值青春年華的女子高中生。

或許這樣才稱得上普通。

啊，可惡……真的假的……

這恐怕應該不是我能夠介入的吧。

可是明明可以告訴我啊，是我太自作多情了嗎？

我甚至產生了這種念頭。

「唉，我是在幹嘛啊……」

雖然想順便調查那個男人的事情，但只憑爽朗型男這個關鍵字，怎麼可能查得到什麼。跑去問妹妹這件事感覺也不太自然。

可惡，無計可施了嗎。

我仍不死心地瀏覽著客人的部落格，同時一股憎恨油然而生，最後連到了一個奇怪的部落格。

「啊？這是什麼？」

是一個用可愛的字型跟五彩繽紛的圖示裝飾的夢幻風格部落格。

單純只是這樣的話，還不至於有問題，而是部落格的標題。

『小雪的哥哥觀察日記☆』

莫名有種不妙的感覺。是哪來的變態開設這種部落格啊。

雖然我這麼心想，仍順著好奇心隨便看了起來。

上頭有這麼一段文章。

『哥哥的舉止可疑！是因為太喜歡小雪而變得怪怪的嗎？』

『哥哥問我對他有什麼想法！這是怎麼一回事？』

『我被哥哥抱了！哥……哥哥的味道！』

『我跟哥哥穿著泳裝一起洗澡了!!!而且哥哥幫我刷背——哇。』

諸如此類的文章。

這對兄妹是怎麼搞的，未免太噁心了吧……這不是兄控&妹控嗎？真是的，真想瞧瞧爸媽的長相。

在好奇心的驅使下，我也看了其他文章，發現還有更可怕的。

『哥哥偷了小雪的胸罩。原本還期待他會用來做那件事，結果卻發現他穿在身上。這是怎麼回事……？』

『一早醒來看見哥哥只穿著一條內褲躺在我的旁邊。我在驚慌之下把他趕出了房間，現在想想很可惜……我可以當真嗎？』

『被辮子女奪走了哥哥的香唇……好想死……』

哎呀哎呀，這是對可怕的兄妹。

真是的，真想瞧瞧爸媽的長相……

『我是哥哥快被NTR的妹妹，有意見嗎？』

『【插播快報】哥哥跟辮子女兩人獨處一室，還聽得見奇怪的聲音。』

『【徵求鄉民意見】兄 女 房 間 四 小 時 淫 音 妹 拆 狂【寄信給哥哥】』

…………

『哥哥被告白了。不要緊。哥哥不會拋棄小雪的。一定不會。』

『活該啊啊啊啊啊啊啊啊啊！她被困了！活該！好爽！妳看看妳！』

『哥哥寄了簡訊要我「安慰他」！被……被我不小心拒絕了，這是化身成人作家的大好機會吧……啊啊啊……小雪是笨蛋。』

「……………………呼。」

看完這些文章後，我嘆了一口氣。

接著放聲大喊：

「雪瑚啊啊啊啊啊啊啊啊啊啊啊啊啊啊——————！」

等……等等……咦咦咦咦！

「不……不不不！」

等一下，等一下！騙人的吧？

呃，如果不是騙人的我會很困擾！因為下一篇文章是——

『哥哥不可以啊……我們是兄妹啊……』

——什麼！

「那……那個笨蛋在做什麼……」

我已經說不出半句話。沒想到雪瑚在經營這種部落格。

可是，從登場人物跟文章來看，毫無疑問是她——

「不……不要想了……我不要想了……」

我硬是把飛去火星的意識拉了回來，氣喘如牛地繼續閱讀日記。

這些事一點都不重要。

如果這是妹妹的部落格，一定會有線索——

『哥……哥哥跟神祕的帥哥在喝茶！來了！某種不可思議的東西將要覺醒了！慶幸自己有跟蹤哥哥！』

有了！有線索了！然後，妹妹啊，原來妳也喜歡那方面嗎！不過我已經不在乎了！

那麼，接下來呢？

『哥哥的眼光其實不錯呢。哥哥喊他「風城同學」。各位，你們覺得這股氣氛如何？莫非！』

文章底下放了一張眼睛打了馬賽克的合照。

因為隔著一段距離，有點難以辨識，但坐在前面的男人毫無疑問是我。體型跟髮型怎麼看都是我。然後坐在對面喝著咖啡的是——

「這傢伙就是『風城同學』嗎？」

因為眼睛被遮住，所以長相看不太清楚，但感覺有張氣質高雅的長相。

……………就是這傢伙嗎。

「可惡。」

突然之間幹勁全失，我關上電腦後，垂頭喪氣坐在桌子前。

要在筆記本上問『風城是誰』嗎？

可是這麼做的話，她又會問我怎麼會知道吧？

「沒辦法追問吧……」

最後我完全沒有提及這件事，那天只寫了稀鬆平常的內容。

放棄吧。既然那傢伙瞞著我，我就不應該去深究。無論我們之間的距離多麼近，內心仍無法相通的。

因為那傢伙做了這個選擇。

●●◖◖☼◗◗●●

「這下肯定不妙吧。」

這天是星期五，時間是下午三點半。

我一個人站在瀧王高中的校門前自言自語。

是的，結果我還是過來了。

我首先想到的是，為什麼天氣這麼惡劣。

整個世界呈現一片幽暗，彷彿眼球上縈繞著一層灰色煙霧。

空氣一如梅雨季般潮溼與鬱悶，就像是我一樣。

感到鬱悶的不只是我，身穿昂貴制服的學生也個個露出疲倦的表情。走出校門一看到我立刻避開——啊啊，這種對待方式感覺好懷念喔——縮成一團離開的背影尤其讓我印象深刻。

「會惹她生氣吧。可是啊……」

我拚命為自己找藉口，卻什麼都想不到。因為這只是單純的嫉妒。

雖然我在那之後不斷告訴自己要看開，但還是無法死心，啊啊，結果讓我發現自己有這種糟糕的地方。

結果，我打算跑來偷看那傢伙的長相，於是飛也似的趕了過來。連我自己都覺得我實在太丟臉了。我是說真的。

「風城同學嗎……」

我凝視著從妹妹的部落格上抓下來的照片，低聲喃道。

就算我見到這傢伙又能怎樣。

——請問你跟夢前光是何種關係？

或許可以這麼問他。

——打得火熱中～☆

不過要是他這麼回答的話，我該怎麼辦才好。狠狠揍他一頓以解心頭之恨嗎？但我有勇氣做出這種低級的事情嗎？我敢篤定我做不到。我大概只會裝出親切的態度回答「是……是這樣啊」立刻逃回家，然後淚濕枕頭。

「不行，這樣子不行。」

自己都已經跑來了，才開始感到羞愧萬分。哇，太糟糕了。我整個好丟臉。我到底在幹嘛？

要走嗎？還是走好了？

現在應該還來得及？

嗯，好，還是走吧——

「——坂本？」

「嗚哇啊啊啊啊啊啊啊啊啊啊啊啊啊啊啊啊啊啊！」

突然被人拍了一下肩膀，讓我險些嚇死。

我誠惶誠恐地回過頭……哎呀，是帥哥。

「你在這裡做什麼？大家都被你嚇到了喔。」

「咦？啊，是……是喔。」

少囉嗦，呆瓜！不要突然跟我說話。你這樣很沒有禮貌喔，仗恃著自己是帥哥。為什麼帥哥淨是些個性惡劣的傢伙。

「你……你好，真巧啊。」

那傢伙用異常熟絡的態度向我搭話，我應了一聲後，開始觀察他。

雖然身材細瘦，但感覺頗為結實。身高稍微比我矮了一些。整齊的短髮讓那張端正的五官散發出一股爽朗。他用手握著揹在肩膀上的書包，那隻手十分白皙，宛如女孩子一般。然而，清晰可見的藍色血管給人一種體弱多病的感覺。

沒錯，是照片上的同一個人。

這傢伙好像就是風城同學。

「你莫非是在等我？」

「嗯，是啊。」

好，我跟這傢伙到底是何種關係。沒有任何情報之下，突然見到面果然很頭疼。

「我好想見你喔，啾」可以這麼說嗎？「我也是，啾」可是如果他這樣回答的話，從各方面來說，我都活不下去了。

「坂本，既然都見面了，到那間店坐坐吧。」

「好……好啊，說得也是。」

我用最底限的字數回答，總算順利裝出自然的態度應對。

好，接下來才是重頭戲。

在烏雲密布的天空下，他帶著我走進了咖啡廳「南極星」，因為我有事先調查過，所以對這間店已經有大致的了解，但還真的是一間很有情調的咖啡廳。感覺實在不像是男性會獨自光臨的店。所以是那個嗎？是那個嗎？真的是那個嗎？

明明是平日的下午，仍然座無虛席。那個男人在等待順序的名單上寫下了「風城」這個名字後。等了數分鐘後，店員招呼我們入內，在這股不習慣的氣氛之中，我儘可能裝作冷靜地坐了下來。

櫃檯後方可以窺見古董咖啡豆研磨機，以及擺放在架子上看起來已經充分發酵的紅酒。店內各處貼著星座符號，仔細一看，天花板吊著一個巨大的天球儀。好驚人啊。

正當我眺望著擺放在入口附近，感覺會是伽利略愛用的古老望眼鏡時，「總之先點些什麼吧。」風城體貼地說道。於是我開始看起菜單，但上頭是一大串艱深難懂的菜名，讓我完全看不出所以然。呃，隨便點好了。

店內流淌著哀愁的音樂盒樂曲，服務生靜悄悄行走於其中，我對服務生指了菜單上最上面的那一道，而風城則是唸出了感覺色色的英文單字。這個男孩子未免太帥了。我完全做不來。

這份感想隨著服務生的離去而消失，我們沉默了一會兒。好，重頭戲來了。

這傢伙到底有沒有在跟夢前光交往。如果有在交往的話，那麼現在呢？我想夢前光應該不至於自曝身分，也不可能用我的身體跟他交往吧。可是，這傢伙或許有可能是同性戀——

「風城。」

於是我決定套話看看。

「怎麼了？」

「你現在有交往的對象嗎？」

「這個問題真是突然耶。現在沒有，怎麼了嗎？」

現在沒有？「現在」？

什麼「現在」啦！不要用這種模稜兩可的說法！

「是……是嗎？現在沒有嗎？」

「是啊，我不太有興趣。」

可惡，什麼啦，幹嘛不講得詳細一點。

我在找機會試圖套出他的話，但看見儼然這個話題已經結束，正在填寫服務問卷的風城，似乎是無法從他模棱兩可的回答中套出真話了。可惡。

不過，既然證實了他沒有跟現在的我交往，我應該可以罷手了。

「這樣啊。你現在沒有跟人交往啊，太好了。」

我說完這句話後。

「──咦？」

風城錯愕地張著嘴，抬起頭看我。咦？什麼？

「……………等等，為什麼你會感到放心？」

「嗯？喔，別在意，沒什麼啦。」

「不，一定會在意啊。喂，你是開玩笑的吧？」

「咦？為……為什麼你這麼緊張？」

「呃，因為男──……算了，沒事。」

風城嘟噥了幾句，一臉苦澀地喝下剛送來的咖啡。怎麼了？臉色很差喔。

「喂，風城，怎麼了啊，我說了什麼不該說的話嗎？」

「不，不用放在心上。我只是想起了以前的事情，我常常被人這麼說：風城同學的長相感覺就是那一類的人。」

嗯？

「那一類的人是什麼意思？」

「就是那個啊，那個。呃，同性之間的……以前朋友說過我的長相會受男孩子歡迎。真想問到底是何種長相。」

深邃的雙眼在直直的黑髮下若隱若現，風城難以啟齒地說道。啊啊，哎……我完全明白他的意思，因為我稍早前也抱著懷疑。

「可惡，如果長得像爸爸，我就不會被這麼說了吧。坂本是像爸爸嗎？」

「呃，我也不知道。我老爸是矮小的樸素上班族，我卻長得人高馬大的。」

我一面將砂糖放進咖啡裡，一面回答，只見風城露出詫異的表情。

「咦？你上次不是說你爸爸是滿身肌肉的橄欖球選手？」

夠了！那個笨蛋！不要隨便瞎扯！

「啊，不，那是另外一個爸爸……」

「另外一個……啊。」

糟了，急忙之下就胡謅了一個藉口。風城明明可以不用在意的，卻這麼說著：

「……抱歉，我不應該過問吧，讓我向你道歉。」

「哈哈哈……哈哈……」

我硬是裝出親切的笑容來挽回局面，但我的內心已是烏雲密布。應該說，我連這傢伙是誰都不曉得，不曉得他跟夢前光的關係，也不曉得他跟我的關係，果然還是太強人所難了。我接下來應該採取什麼攻勢啊？

整個人變得退縮起來，之後只能用考試跟電視一類的話題隨便敷衍過去。因為我害怕會露餡嘛。

「……那麼。」

正當我在心中對懦弱的自己比中指時。

風城玩弄著壓克力製的發票架，用極為低沉的聲音說道：

「坂本，你專程跑來學校找我，就這麼想知道嗎？」

……喔，風城主動將話題轉移到奇怪的方向。

意料之外的大好機會。於是我回答——

「——是啊，當然了。」

總之先順著他話看看。

我當然完全沒有對策，可以預想到自己接下來回答不出話的窘境。

「若是以往，我一定不會理會你。但坂本幫我趕走醉漢，所以我欠你一份恩情，真傷腦筋。」

看來我似乎有恩於他。

「你還在持續嗎？好像叫性感美夢。」

……我想應該還在持續。

「呃，哎，有空的時候。」

「其實我很羨慕你，只是打發個時間就可以保護其他人。」

風城低聲說道，那張臉透出一股飄渺的惆悵。

可惡，那傢伙也是被這張臉攻陷的嗎？

「可是你為什麼會這麼執著？我的——……我不懂你為什麼會對我的復仇感興趣。」

「——啊？」

雖然放鬆了戒心，但那個字眼清楚傳進了我的耳裡。

復仇？這傢伙剛剛說了復仇這個字眼嗎？

等等，等等，感覺話題轉移到奇怪的方向——

「啊，不，呃……因為好奇你為什麼要復仇……」

我一面迎上他的視線，一面努力讓話題繼續下去。

喂喂，事情比想像中還要麻煩。

是怎麼一回事……？

「真是禍從口出呢。當時我只是不小心脫口而出，卻被你這樣緊咬不放。從那天過後，你就變得常常聯絡我耶。你真的那麼在意嗎？」

風城注視著泛著黑光的咖啡，用困擾的語氣表現出拒絕。

不希望我繼續追問下去嗎？

這可不行。

那傢伙會緊咬不放，代表跟那傢伙有什麼關係。

「雖然認識不久，但我曉得你不是壞人。可是，要把事情說出來需要勇氣。很抱歉，你還是放棄吧。」

復仇。壞人。這些不熟悉的字眼讓我不知道應該如何反應。

「……………」

風城對不發一語的我露出一個複雜的表情後，默默啜飲著咖啡。

最後還是無法套出更多情報，之後我放棄繼續進行僵硬的對話，於是各自度過這段時間。

這傢伙比想像中還要健談，不但擅長傾聽，並帶著適度的知性，也有充足的幽默感，簡單來說，同樣身為男人，我明白自己完全比不上他。可惡，這樣子夢前光會喜歡上他也不奇怪吧。唉……

我常常跟他雞同鴨講，「坂本同學有些地方很奇怪」他只用這句話輕鬆帶過。器量的大小也是受歡迎的要素之一吧。

可惡。

●◐◑◖☼◗◐●●

『扮成性感美夢的時候，我剛好碰到高中的朋友。應該是一個月前的事情了。因為在意他過得好不好，所以我找他出去玩了幾次。對不起，瞞著你這件事。風城同學或許說了什麼奇怪的話，但你不用在意。因為他很容易會錯意。』

「就算妳這麼說……」

前天我去見了風城。

因為是嫉妒所引起的丟臉行為，我本來猶豫要不要寫在筆記本上，但想說反正遲早會被發現，於是我一五一十寫了出來。

然後她的回覆就是上述那段介紹。

可是，要我就這樣接受是不可能的。

這傢伙似乎是在扮成性感美夢的時候，偶然救了以前的朋友，也就是風城。之後在意對方過得好不好，所以瞞著我偷偷跟對方見面。可是，風城那天不小心脫口說出「復仇」這個字眼。曉得原因的夢前光對此感到在意……是這麼吧？

這麼一來，她這篇日記怎麼看都感覺像在說「不要再繼續插手了」。加上最後阻止我的——

『總之你不用在意風城同學的事情。我不要緊的。』

這麼一段話。

「不要緊嗎……」

如果是少年漫畫的話，這時會帥氣地說：「我懂了，我相信妳！」但現實世界是混雜不堪的調色盤。「我懂了，我相信妳……」這已經是我的極限。懦弱的我不可能有那種勇氣。

「事情比想像中還要來得棘手。」

風城是夢前光的前男友嗎？雖然我擔心著這件事，但現在似乎不是在意這種事情的時候。不，我當然還是在意這件事的真相。

問題是那個字眼。

夢前光拚命想要問出「復仇」的細節，要是沒有先釐清這件事，什麼也不用談。不曉得這件事跟夢前光有什麼關聯，或許也有可能完全沒關聯。

可是，畢竟這不是正常的字眼。

老實說就算風城出事，我也只會小小難過一下，但要是夢前光出事，我可就真的著急了。畢竟她就是我。就算不是這樣，我也希望儘可能避免讓她出事。我沒有辦法割捨掉這份註定沒有結果的感情。

「復仇嗎？」

我從衣櫃抽出被擠到角落的國中制服。

我莫名捨不得丟掉這套制服，它是我過去的搭檔。

拿出藏在口袋裡的學生手冊，我翻了開來，沙沙的翻頁聲讓我的內心升起一股騷動。

夢前光的學生手冊。

是那傢伙曾經活著的證明，也是那傢伙已經死去的證明。

少女車禍身亡。

透過駕駛與目擊者提供的供詞，警方歸納出原因：東張西望導致出車禍，不小心在紅燈時走到馬路上所引起的不幸意外。

「風城……你到底打算做什麼？」

●●◐◯◑●●

來到了染上一片鼠灰色的後天。

我沉重地翻開日記後，頓時感到一陣失望。

『我拿到你會喜歡的香豔照喔！打開桌子第二格抽屜！記得要寫感想喔！（用42字×34行的原稿用紙寫十五～三十張）』

「這次是叫我寫短篇嗎！」

期望落空的我洩氣地打開抽屜，裡面有張坐在長椅上的黑髮美少女，拉下身上穿的連身工作服露出乳溝的神祕圖片，並寫著**『你以為是香豔照嗎？很遺憾！是小光我！（Ver：不做嗎）』**這張圖我有印象，是那篇描寫男性之間情誼的漫畫。她真的很喜歡這方面的東西耶。然後這張圖的水準異常的高。

「真是的，每次淨做這些蠢事。」

雖然我口頭上這麼說，但稍微有點放下心來。

太好了。看來她沒有沒有心情沮喪。

因為她最近的怪怪的，讓我感到很擔心，但好像只是偶爾心情不好的樣子。照這樣來看應該沒問題吧。

「不要讓我太操煩啦。妳就是適合偶爾做些蠢事。」

我喃喃自語著，像是在講給什麼人聽，接著動身準備去上學。

不過，我太天真了。

不，其實我有察覺到吧，她只是在逞強而已，那傢伙這麼做是在顧慮我。

可是，我不想去面對，因為曉得自己一定會後悔。

那天晚上，讓我深深體會到。

「嗯？」

夜晚，一成不變的普通夜晚。

開著間接照明入睡的我（夢前光任性地表示討厭睡在漆黑的房間），察覺到有人偷偷潛入房間而醒了過來。

「嗯……是誰？」

「哇，哇啊！」

我掀開棉被，確認那個在陰暗房間裡蠢動的人影。

對方的身分出乎我的意料。

「雪瑚……？」

「……啊，呃……」

原來潛入房間的人是我的妹妹雪瑚。

「妳在做什麼啊？嗯？那是——」

「啊！不！這個是……呃……」

我的視線集中在雪瑚小心翼翼用兩手握著的東西上。

她連忙藏到背後，真是的，快拿出來給我看，到底在藏什麼東西。

於是我拉住她的手，結果她兩手握著的東西是——

「我看看，『豪華旅遊招待券，約喜歡的人一同享受日本的夏天吧！』……這是？」

「所以是……呃，那個……」

原來是旅遊招待券。

仔細一看在「約喜歡的人一起」旁邊手寫著「約妹妹也不錯」。呃……

「這個是要給我的？」

「唔唔……本來想要偷偷拿給你的……總之給我感激地收下吧！快向我道謝！」

雪瑚挺起單薄的前胸，臉上泛著一絲紅潤。呃，雖然很感謝，但為什麼是旅遊招待券？明明很貴吧。

「不……不用放在心上。只要哥哥可以恢復精神，這點不算什麼！所以，所以——不要再沮喪了！」

「沮喪？」

正當我想說我什麼時候沮喪了，頓時恍然大悟。

理解到這句話代表著什麼意思。

「真……真是的。最近的哥哥讓人看了很不耐煩。不但一個人在家徘徊，飯還沒有吃完，晚上也很晚才睡的樣子。而且，呃，看到你心事重重抱著膝蓋的模樣，我實在無法繼續保持沉默！雖然不曉得你是在煩惱什麼，但趕快恢復精神吧！去旅行一趟一定可以消除壓力！」

「………………」

雪瑚一臉不悅地交抱著雙臂，說出了這些話。

讓我發現到自己有多天真。

我自認為我比誰都還要了解夢前光。

結果我卻連那傢伙在逞強都看不出來。
只到妹妹告訴我這個真相前，我甚至不知道她一個人懷抱著心事。
沒錯，怎麼可能不要緊。
那傢伙一點都不堅強，只是在逞強而已。
「……雪瑚。」
我對在黑暗中不發一語的妹妹說道。
「正如妳所說的，因為昨天的我有煩惱的事情，所以明天我也會繼續痛苦。」
妹妹目不轉睛看著我。
「明天的我一定也會在憂鬱中醒來吧。因為我抱著很大的煩惱。可是，這樣太痛苦了，一個人承擔這些還是太痛苦了。」
「那你把所有事都告訴我，這樣就會稍微恢復精神——」
「抱歉，我做不到。因為明天的我決定要孤軍奮戰。」
「…………怎麼這樣。」
雪瑚發出悲痛的聲音。不要露出這種表情，會浪費了妳那張可愛的臉。
「可是，一個人孤軍奮戰還是太痛苦了。在憂鬱中醒來實在很難受，所以，所以，雪瑚——」

我注視著妹妹的雙眼，強而有力地說道：

「明天我醒來的時候，妳可以對我說『早安，我最喜歡哥哥了』嗎？」

「————啊啊？」

…………………

……………

夜晚靜靜騷動著。

妹妹的表情像是沒有感情的陶俑，我對著她繼續說道：

「拜託妳了，明天的我最喜歡妳了。所以，妳來叫我起床的話，我一定會感到幸福。」

「幸……幸福——」

「然後，可以的話，妳能一直待在我身旁嗎？包括吃飯的時候、洗澡的時候……總之我希望妳不要讓我獨自一個人。」

「呼——」

「然後睡覺的時候也陪我一起睡。或許我會感到意志消沉，那個時候希望妳可以用妳的胸部讓我撒嬌。」

「——」

「所以明天的我…………………雪瑚？」

咦？怎麼了？

這個陶俑好像變紅了。咦？什麼？要進化了嗎？

「終……終於……終於來了……」

「咦？」

「終於來到這一步了……慶幸我有鼓起勇氣……近水樓台先得月！我是阿波羅！」

阿……阿波羅？

「呃，那個，可以麻煩妳嗎？」

「當然可以！我一定會比哥哥早醒來，對你說早安的！應該說我不會睡了！」

滿心歡喜的雪瑚把招待券硬塞給了我，傻呼呼地擦著口水離開了房間。一下生氣一下笑的，真是個忙碌的傢伙。算了，現在的問題不是那個。

「我也要下定決心才行……」

我不曉得那傢伙為什麼會煩惱。可是，不可能就這樣視而不見。

那傢伙肯定在痛苦，我不能繼續放任下去。我必須去了解夢前光的事情。

可是，要怎麼做？我要怎麼去了解那傢伙的事情？

我對夢前光的事情一概不知。包括長相、聲音、皮膚的顏色、頭髮的色澤，什麼都不知道。不但不知道她的家人，連朋友都不知道。只知道風城這個人，還有她就讀瀧王高中而……已……

「啊——」

思考到這些事時，我傻楞楞地喊出聲來。

「難不成——」

四月上旬的記憶頓時湧了上來。

對了，原來是這樣。

我終於恍然大悟。同時，做了一個決定。

我一直避免觸及夢前光的祕密，但我現在必須去一探究竟。

雖然感到不願意，但也我只剩下這個辦法。

「等著我吧，夢前光……風城。」

我懷抱著這股決心，抬頭仰望著溫暖的夜空。

●◖◖(☼)◗◗●

後天的放學後。

在透著微微陽光的陰暗天氣下，我來到那片西瓜田。

展開奇妙的同居生活時，以及尚未交換日記時。

我連續兩次躺在這片田中的奇妙事件，讓我覺得很古怪。

那傢伙是有原因才專程來到這裡，只有這裡是她可以依靠的地方。

所以她才會到了半夜還是沒有離開這裡。

「抱歉，我來晚了。」

我打開破破爛爛的學生手冊，確認住址。是離瀧王高中不遠的農田道路上。

一定是這樣。塑膠布所搭成的溫室後方，有一棟小巧的房子。

這就是夢前光生長的家。

那傢伙在我的體內面對這陌生的一切，於是跑來向家人求救。

她肯定極為恐懼，哭著發抖。她一個人在這個孤獨的世界奮戰。

那傢伙一點都不堅強，她只是一直在忍耐罷了。

「給我一個機會就好。讓我可以了解她的機會……」

好，上吧——

雖然這麼心想，可是問題來了。

我曾經躺在這裡兩次。

換句話說，那傢伙在死後不久曾經以我的模樣跑來這裡兩次。

「她應該不會搞砸了吧……」

肯定搞砸了吧。

當時她尚未了解狀況，連我都哭著懷疑自己有多重人格。

我應該有見到那傢伙的家人吧。

那我又是以什麼身分跟她的家人見面的。反正一定不是什麼好事。

糟了，怎麼辦，我完全沒有考慮過。

我連那傢伙的家族成員有多少人都不曉得。呃……

「啊。」

「嗯？」

在寂靜中響起一個聲音，我下意識回過頭。

眼前站著一位絕世美女。

頭髮跟眼睛都是深濃的黑色，因此讓皮膚更顯得白皙。嬌小的身體看似有些憔悴，

可能是我的錯覺。

牽著放著購物袋的腳踏車楞在原地，儼然一身家庭主婦打扮的這個人莫非是……

「請……請問，妳是夢前光小姐的——」

正當我打算繼續說下去時。

「哇啊啊啊！」

她放聲尖叫。

啊啊真是的……果然搞砸了吧。

「等……等等，妳誤會了！呃，我是……」

「救命啊！是上次的裝成小孩的人妖——！來人啊——！」

裝成小孩的人妖！這是什麼角色？

不知所措的我無法反應，只能陷入驚慌之中。

路過的大叔與附近的大叔接二連三聚集過來，包圍著那位嚇得花容失色的主婦。怎麼淨是大叔。

然後有人用力抓住我的肩膀——

「呃，等等，請放開我！我不是可疑的人——」

「你就是那個扮成小孩的人妖嗎！」

「膽敢偷襲還處在傷痛中的陽菜子小姐！」

「你竟然還喊『**媽媽救救我！**』，我們也一直在忍耐耶！」

「沒錯，沒錯，竟敢向陽菜子小姐攀談，太不自量力了！」

我遭受到這些不明所以的怒罵聲攻擊，而那位主婦則是用手遮著臉，整個人嚇壞了。真是夠了。

「請聽我說！我有話無論如何都想跟妳說！可否暫時忘記過去的事情，聽我說一下就好！」

雖然我拚命大喊，大叔們仍朝我步步逼近。

他們反嗆「少胡說！」或是「保護好陽菜子小姐！」一類的噁心發言。

可惡，到了這種地步……

「我要跟妳談『光小姐』的事情！拜託妳！」

我忍不住說出了這個名字。

旋即感到後悔。

因為周圍的氣氛驟然一變。

沒有人繼續罵我，而是轉變成冷淡的態度。

證據就是，突然從視線的死角飛來一個拳頭，讓我頓時重心不穩。

是發自內心的一拳。如果不是我比較高大，肯定被打趴在地。

在大動肝火的大叔們身後，主婦鐵青著一張臉，無力跪坐在地上。我說錯話了嗎？

「這個可惡的小鬼，給我適可而止……」
「你曉得陽菜子小姐為了這件事有多麼痛苦嗎？」
這股怒氣紛紛針對著我。
我曉得，我當然曉得這件事。可是，我只能向這個人求救了。
我對夢前光一無所知。
我與她母親有如天差地別，完全無法了解那傢伙。所以，我只能讓自己沾滿泥巴。
我吞下有著鐵鏽味的口水，毅然決然趴在地上。
這就是所謂的下跪。然後，我竭盡全力大喊。
「夢前家的家規之一！第③項必須年滿十八歲！」
所有人楞在原地。
升起一股「這傢伙在說什麼啊？」的氣氛。
可是，只有陽菜子小姐的反應不一樣。證據就是，她用驚愕的目光注視著我。
「拜託，請聽我說。拜託！」
「打擾了……」

從大叔派對中脫身的我，穿越西瓜田，被領進了夢前家。

雖然大叔們對我抱著強烈的警戒，但多虧了陽菜子小姐這番微妙的說詞，總算是敷衍過去。

「我誤會了～仔細一看他是光的朋友恐井同學。真是的，老樣子還是一張很凶惡的臉呢～」

總之透過這句話，讓我確信「啊，這個人是夢前光的母親」。拙劣的命名品味是遺傳吧。

「喔。」

穿過水泥地，走在嘎嘎作響的老舊走廊上時發現了一隻貓。是隻黑貓。灰色的眼眸目不轉睛注視著這裡。對了，她好像說過有養貓。

「請進。我現在去泡茶喔。」

我低下頭對快步離去的陽菜子小姐道謝後，穿過低矮的門框。

微弱的陽光照進和室，總之，我端正地跪坐在裡頭。鴉雀無聲的空間重重撞擊著我的心臟。啊啊，好緊張。

過了一會兒，陽菜子小姐端著托盤走了進來。

是綠茶，好香的味道。

「真是嚇了我一跳，沒想到你會知道夢前家的家規。是小光告訴你的嗎？」

「啊，不好意思。」

陽菜子小姐將茶端給我，我恭敬地點頭道謝。「別緊張」她這麼說，於是我緊張地改成盤腿坐姿。冷靜下來。

她輕啜了一口茶後，對我露出溫柔的笑容。

感到難為情的我不禁垂下了視線，只見她發出陣陣輕笑。

「吶，可以請教你的名字嗎？」

「啊，我叫坂本秋月。呃，從以前就跟光小姐很熟。」

聽見我的回答，她高興地點了點頭。在她高興的表情背後，似乎透出一股憔悴，希望這只是我的錯覺。

「呃，之前真的很抱歉。因為太過突然，讓我陷入混亂……」

首先是道歉與解釋。

從這個情況來看，那傢伙似乎用我的身體惹了不少事。總之就用夢前光的死當理由好了，不然會變得難以解釋。

「呵呵，不用放在心上。我才要向你道歉，之前踹了你的重要部位。已經沒事了嗎？可以正常使用嗎？」

「啊？咦？咦？」

什……什麼？

「沒有腫起來吧？讓我看看好了？」

「不……不用了，沒事的！腫起來反而比較好！」

雖然不太清楚，但似乎曾經發生過不得了的事情。還是不要深究這件事好了。

「這樣啊，原來你是小光的朋友……」

「是的……」

「嗯～～～」

「……？」

怎……怎麼了？

「那孩子該做的事情還是有做呢。」

「什麼？」

「呵呵，朋友嗎？也就是說——」

陽菜子小姐緩慢地說著，同時抱住白己的身體。接著，豎起食指——

「是禁忌的關係嗎？」

「咳咳咳———！」

我整個被嗆到！呃，竟……竟然說了這種話！

「啊，呃，不是的！」

「騙人～那孩子很可愛吧？你有撥弄她頭髮嗎？」

「呃，那個——！」

「可是那孩子有奇怪的興趣，她有對你做出奇怪的事情嗎？」

「不，等等，那個——」

「真的嗎？因為那孩子偷偷在看奇怪的小說。原本以為她是在看女孩子的百合戀愛小說，結果是五名國小女生在打籃球的小說。最近好像是迷上登場角色淨是帥哥的作品。她是打算將這個祕密帶到墳墓裡吧～」

「啊——！啊——！我聽不見——！」

這個人是怎麼回事？看……看不出來！一臉和善卻說出這種話。

震懾於豎著食指的她，我只能苦笑著閃躲。不愧是夢前媽媽，果然不同反響。

「嗯嗯！」

我輕咳了一聲，回到原本的步調。不行，不行，我不是來聊這些事情的。

「我是來歸還這個東西的。」

我遞出了學生手冊，並儘可能不要對上她的視線。

雖然已經破爛不堪，但這是那傢伙的遺物。不應該由我拿著。

可是，我卻一直沒有歸還這本學生手冊。

因為我沒有勇氣去接受這本學生手冊上所寫的真相。

「……呵呵，秋月同學，謝謝你。」

陽菜子緩慢拿起手冊，動作憐愛地翻了開來。她的動作溫柔得像在撫摸，彷彿像是為了不傷害到自己。

「要歸還這本手冊需要很大的勇氣吧。」

「不，沒有這回事……」

「那孩子會把家規告訴你，代表她很喜歡秋月同學吧。」

緩慢而沉穩的聲音，紓緩了我的內心。

溫柔而圓潤的聲音，彷彿不曾傷害過人。那傢伙也是那種聲音嗎？

「吶，秋月同學對那孩子有什麼想法？」

「咦？啊，呃……」

她拋出了一個讓人意外的問題。什麼想法，呃……

「她很開朗，總是充滿朝氣……雖然也因此經常捲入麻煩之中……呃，跟她在一起不會感到無聊，呃……」

雖然我還想繼續說，但因為太難為情而說不出口。

即使深知只有現在才有說出口的機會，我仍把話吞了回去。

「那孩子其實很脆弱。」

「什麼？」

「雖然她的個性好勝又愛逞強，但小時候其實是個愛哭鬼，是個容易沮喪的內向孩子。」

「…………」

「每逢小學升年級時，還有升上國中時，她總說想要改變這樣的自己。她老是將這句話掛在嘴邊，說想要成為可以幫助人的英雄。可是，人是無法輕輕鬆鬆就改變的。她總是無法順心如意，因為挫折而哭泣。口頭上說要變堅強，隔天又哭喪著一張臉。她就是那麼笨拙的孩子。」

她翻開學生手冊的某一頁，將視線落在上面，並繼續說道：

「升上高中後，感覺她出現了一些變化。呵呵，升上高中後，那孩子開始變得鬼鬼祟祟的，我心想她是在變什麼把戲，於是偷偷觀察她，結果那孩子收集了一堆奇怪的書跟漫畫。因為她是個好奇心旺盛的孩子嘛。像一堆女孩子登場的動畫，還有全是男孩子的小說，她樂此不疲收集這些東西。她似乎終於找到了喜歡的東西。跟興趣相投的朋友一起出去玩，變得經常露出笑容。是小時候很乖，所以現在反過來吧。她變得很愛惡作劇，興高采烈捉弄許多人。雖然她有時候還是老樣子會掉淚，但隔天馬上破涕為笑。她一點一滴變得堅強起來。這個改變讓我感到很欣慰。見到這孩子變得朝氣蓬勃，讓我非常高興。所以我想要默默守護著她。無論碰到什麼痛苦，我都會在一直在心中鼓勵她要加油，不要認輸，為了我最心愛的那個孩子。所以，那一天——」

接著陽菜子翻開了那一頁。

這到底是偶然，還是必然。

多虧有封套的塑膠部分遮住的關係，手冊的最後一頁沒有被雨淋濕。也是我一直無法將學生手冊歸還的最大理由。上面有那傢伙留下的最後訊息。

『我已經無法再一個人活下去。因為有那雙冰冷而溫柔的眼眸，才讓我的生命可以留駐在這個世界。』

那傢伙向自己不存在的世界留下的最後一句話。

是的，這是她的遺書。

證明了她不是意外身亡。

那傢伙是選擇了——自殺。

寫在學生手冊最後面的那句話。我所看見的夢前光的最後身影。

那傢伙一直隱藏的祕密。

我無法接受的事實。

然而，我不能不再正視這件事了。

為了向前邁進，必須承受這一切。

「……請問妳知情嗎？呃……光小姐選擇了自我了斷……」

陽菜子小姐比我想像中還要冷靜地接受了這個事實。那張笑臉只讓我感受到一陣一陣的刺痛。

「我有隱約猜到。我感覺到那孩子在學校處得不好。」

「…………」

「我真是蠢呢，明明曉得卻什麼也沒做。我沒資格當母親。」

「沒有——」

這回事。我原本打算這麼說，但感到了遲疑。

我不了解夢前光，對她的母親更是一無所知。

站在這種立場的我，哪有什麼資格妄下判斷。我形同是出現在結尾的工作人員名單跑完，客人散場後空無一人的電影院裡，那樣的我哪會知道多少事情。
可是，那傢伙的確曾經尋求解脫。因為失敗，才會被關在名為我的這具棺材中。所以那傢伙只能默默垂淚。
「對不起，不過不要緊的。我已經可以接受那孩子已經離世的事實。」
「……是這樣嗎？」
「真的喔。那孩子國中的朋友有過來，雖然是感覺冷漠的孩子，但他拚命鼓勵傷心的我。我當時就下定決心，要連同那孩子的份活下去。非活下去不可。」
她像是反覆在說給我跟自己聽。
不要說了，不要說這種話。
我並沒有那麼堅強。
「…………………」
在這片沉默之中，我在腦海中回想著陽菜子小姐的話。
——她其實是個脆弱的孩子。
我一直誤會了這一點。
我以為在認識她之前，她就是那麼活潑又愛作怪。我擅自以為那傢伙是那種人，以為夢前光是那種人。

可是，事實卻不如我所想。

那傢伙其實一直在逞強。

也曾經為了自己的死感到難過。

也曾經為了對小霞的事情自作主張感到後悔。

也曾經因為放不下風城的復仇而獨自焦急。

也曾經為了想見母親卻無法如願。

她一個人抱著這些煩惱黯然神傷，因為不擅長撒嬌，只能笨拙地一直逞強。

「…………」

——**終於得到夢寐以求的小混混身體！我毫無畏懼了！**

我想起那傢伙的那句話。

或許這不是玩笑話。

那傢伙想要變成堅強。所以在我的體內重生時，覺得自己什麼都可以做到。讓她想要重新活在這個世上。不是以夢前光的身分，而是以坂本秋月的身分活著。作為我的一半活著。

那傢伙完全沒有提及她生前的事情。或許是因為那傢伙已經將過去徹底斬斷。所以，那傢伙才會待在西瓜田，沒有跨出去一步。她不打算跟生前重視的人有所瓜葛。可是，在命運的引導下，讓夢前光見到了企圖復仇的風城。

「這個你拿去吧。」

充滿憂愁的聲音掠過放在桌上的學生手冊。

「她是個脆弱的孩子。是個為了變得堅強，不斷因為挫折而哭泣的孩子。可是，那孩子比任何人都還要善良。」

嗯，我知道。

「看見哭泣的孩子，她便會陪對方一起哭泣，會保護比自己弱小的人。她是一個比任何人都還要善良的孩子。是世界上最善良的孩子。」

我知道，我都知道。

「所以，我希望你不要忘記那孩子的那份善良。每當看見這本學生手冊時，偶爾也好，請緬懷一下她。」

「…………」

她是個善良的孩子。

是個比任何人都還要善良的孩子。

所以那傢伙現在感到受傷。

她獨自痛苦著。在我不知道的地方，一個人面對孤獨。

「……我下次還可以過來嗎？」

我顫抖的聲音帶著哽咽。

「我有個正在痛苦的朋友，那傢伙非常善良，可是很脆弱。結果我卻無法安慰她。我想一定是因為我很脆弱——所以，在我變堅強之前，在我堅強到足以扶持那傢伙前，請讓我前來拜訪，沉眠著夢前光的那份善良的這裡——」

在厚厚的雲層之間，可以窺見太陽的身影。

她那張美麗的臉龐在因為淚水而模糊的視線中搖曳不已。

「秋月同學。」

那道清澈的聲音，滲進了在我的內心。

「請一定要過來喔，我隨時都會等你。」

我一定會再來拜訪。

放聲哭出來也好，感到難過也好，請永遠都要當那傢伙的母親。

請代替我擦拭那傢伙的淚水。因為我無法做到。

從雲縫透出了微弱的陽光。

我在這個幽暗卻又耀眼的世界嗚咽而泣。

「請進。」

我跨出了腳步。

在這個彷彿陷入沉睡的寂靜世界，迎面而來的是一股榻榻米的味道。

「啊……」

映入眼簾的是一座佛龕。

因為逆光而處在陰影之中，彷彿像在沉睡。

「……終於見到妳了。」

我對著白色的世界露出微笑。

一張少女的照片擺放在線香後方。

那名少女遠比我想像中要來得美麗，有副精緻的長相。

夢前光。

成為我的另一半的少女。

遺傳自母親的濃密黑髮閃爍著光澤，深邃的大眼看起來仍帶著一絲稚嫩，上揚的小巧嘴唇，彷彿得意洋洋述說著自己的惡作劇。纖細的鼻梁與強而有力的眉毛，讓人感覺到一股堅毅。也可以用好勝來形容吧。

這應該是畢業典禮的照片吧。是張看起來隨時會張開嘴說話的不可思議照片。她身穿著制服，開心地抱著畢業證書筒，擺出奇怪的姿勢。這是那個吧，以前流行的動畫裡的姿勢，我也經常模仿。

然後我深深領悟到了一件事。

那就是夢前光已經離開了這個世界。

陽菜子小姐失去了寶貴的女兒。

存在於她的心中，夢前光的故事已經落幕。

她已經無法再被喊「媽媽」。

以及這是多麼慘酷的事實。

「呵呵，她好像很喜歡擺這個姿勢。很多照片都是這個姿勢。來，也請看看這個。」

陽菜子小姐小心翼翼遞給我一本純白的相簿。

裡面放著從她出生到死前的回憶。

「夢前光嗎……」

從呱呱墜地。

張著嘴入睡。

露出純真的笑容，學會了站立。
一臉靦腆地揹著書包。
因為上榜而喜極而泣。
帶著成熟的表情穿上制服。
我所不知道的夢前光的人生。
我終於發現了。
這股憐愛代表了什麼。
我是多麼喜歡夢前光。
我愛上了她。
我愛上了這個永遠無法相見的少女。
所以，所以我才會如此痛苦。
所以，所以我——
「咦？這裡——」
我指著相簿上不自然的空白處。
貼滿照片的相簿中，出現了一個空缺。
「喔，這是因為光的朋友說『無論如何都想要這張照片』。所以，我將這張全班合照送給了對方。他好像說『要在光曾經待過的地方，留下大家的記憶』。不曉得是什麼意思？你也不用客氣，有喜歡的照片就帶走吧。」

「……可以請妳告訴我那傢伙是誰嗎？」

「嗯？你是指風城同學嗎？跟光一樣是念瀧王高中。感覺是個很乖巧的孩子。而且長得滿帥的，我心想那孩子的眼光還不錯呢。」

「…………」

一切都串連起來了。

風城的復仇。

夢前光的自殺。

風城所留下的那句話。帶走的全班合照。

以及，瀧王高中。

——我有隱約猜到。我感覺到那孩子在學校處得不好。

我回想起陽菜子小姐的這句話。

以及那傢伙看似體弱多病的膚色。

不好意思，我已經不打算袖手旁觀了。

雖然不曉得你有什麼企圖，但既然讓夢前光感到痛苦，我就不能置之不理。

「風城……嗎……」

在時間已經靜止的夢前光面前，我下了一個決定。

我一定會想出辦法。

我一定會做到。

大略提一下之後的事情吧。

陽菜子小姐一面翻著相簿，一面誇讚著女兒，不知不覺間變得亢奮起來。她不斷將蛋糕一類的點心往我已經裝滿食物的胃裡塞，強迫我聊學校跟思春期的話題，就這樣經過了數小時，因為媽媽威力而精疲力盡的我，才終於獲得了解放。好累。

她送了三顆溫室培育的西瓜讓我帶回家。雖然我試著婉拒。

「你是男孩子吧～！這樣是不能讓小光感到滿足的喔，雖然她已經不在了～」

不得不接受她這番讓人不予置評的強硬說服，背負起重擔。從各方面來說，都太沉重了。

「再見，秋月同學，下次要再來玩喔。是上演禁忌的午間連續劇的機會喔！呵呵。」

「啊，呃……」

這句台詞很流行嗎？妳女兒也這麼說過喔。真是一對有趣的母女檔。

太陽再次埋沒在厚厚的雲層底下，我向陽菜子小姐行了一個禮後，便轉身離去。

從背後傳來的那句話，雖然與事實不相符，但我想我一輩子都不會忘掉吧。

「你是一個很善良的孩子呢。」

胡扯什麼啦。

我翻開時間陷入靜止的筆記本。

委身在這片寂靜之中，我按照順序從第一頁開始閱讀。

我跟那傢伙的同居生活，有歡笑，有生氣。生氣、歡笑、生氣、生氣……重新回顧後，發現我們老是在吵架。

然後，翻到某頁時，我停下了手。

『做得好，英雄。』

「…………」

我動作緩慢地撫摸著那傢伙寫下的那行字。

「英雄嗎？」

憧憬英雄的少女輸給了這個世界。可是，她再度勇敢地站起，這次她終於下定了決心。

於是，成為英雄的是——

「我決定了。」

我對著不存在於這個世界的妳發誓。

我不會再逃避，不會再認輸。

如果妳比任何人都還要善良，身為妳的另一半，便註定要去做這件事。

「我絕對會阻止風城。」

四周變得陰暗起來，我在我們的房間裡。

朝著看不見的太陽，高高伸出手。

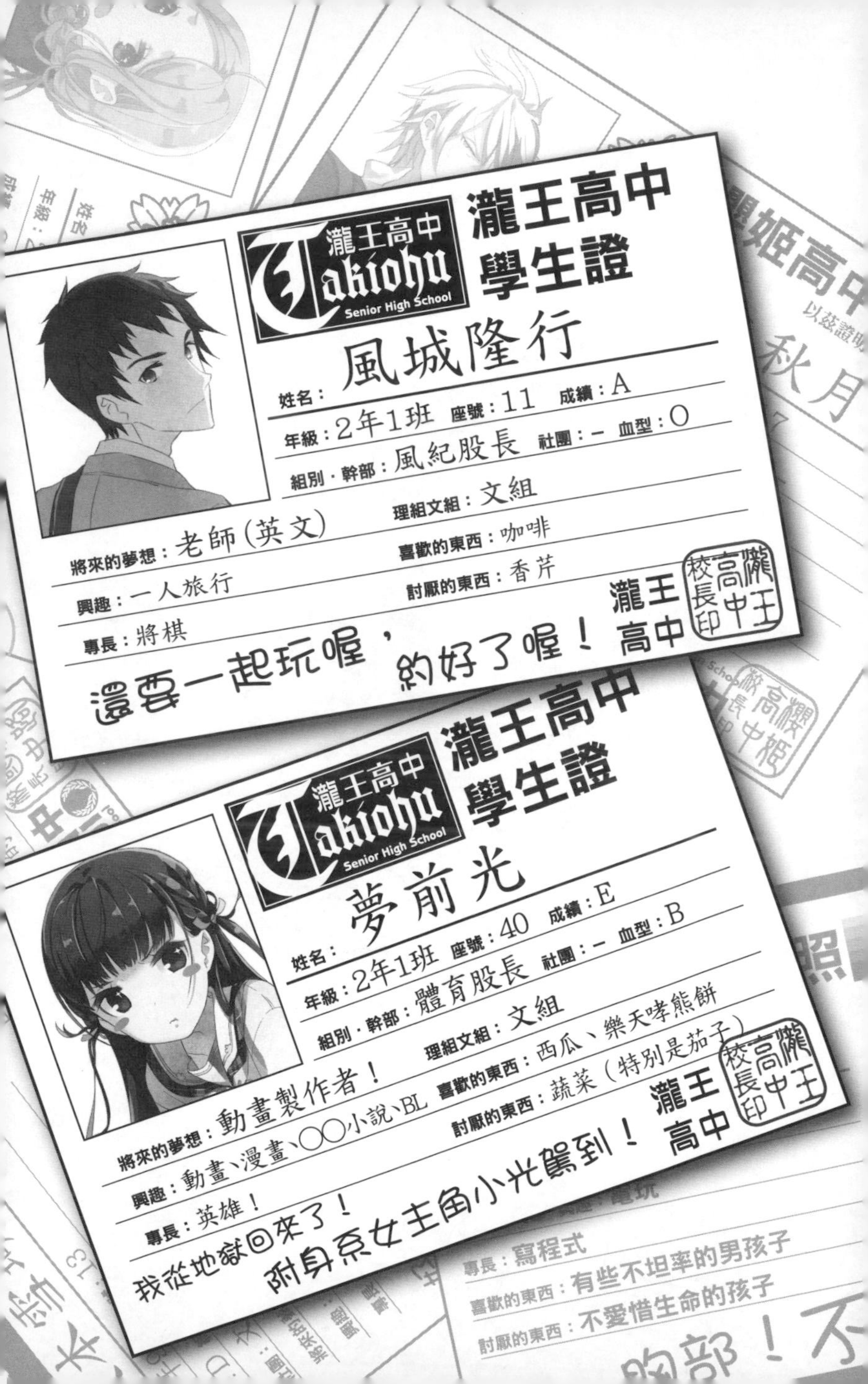
瀧王高中
Takiohu
Senior High School
瀧王高中
學生證
姓名：風城隆行
年級：2年1班 座號：11 成績：A
組別・幹部：風紀股長 社團：－ 血型：O
理組文組：文組
將來的夢想：老師（英文）
喜歡的東西：咖啡
興趣：一人旅行
討厭的東西：香芹
專長：將棋
瀧王高中
瀧王高中校長印
還要一起玩喔，約好了喔！
瀧王高中
Takiohu
Senior High School
瀧王高中
學生證
姓名：夢前光
年級：2年1班 座號：40 成績：E
組別・幹部：體育股長 社團：－ 血型：B
理組文組：文組
喜歡的東西：西瓜、樂天哮熊餅
將來的夢想：動畫製作者！
討厭的東西：蔬菜（特別是茄子）
興趣：動畫、漫畫、○○小說、BL
專長：英雄！
瀧王高中
瀧王高中校長印
我從地獄回來了！
附身系女主角小光駕到！
專長：寫程式
喜歡的東西：有些不坦率的男孩子
討厭的東西：不愛惜生命的孩子

Tomorrow, **I** will **die**.
You will **revive**.

CUT6
我將在明日逝去，而妳將死而復生

「……不行嗎？」

外頭烏雲低垂，憂鬱的七月上旬的假日。

面對冰冷的筆記本，我嘆了一口氣。

拜訪陽菜子小姐的那一天。

我決定要將所有事情告訴夢前光。

這件事遲早要告訴她，繼續拖也沒有意義。

所以，我將學生手冊放在桌上，在筆記本上寫下了這麼一段話。

『發生了讓妳痛苦到自殺的事情吧，竟然可以把妳逼上絕路。抱歉，我沒能去了解妳。雖然我這麼說很奇怪，但我一定會代替妳阻止風城。所以，拜託妳告訴我那傢伙過去發生了什麼事。』

我觸及了那傢伙一直隱藏起來的陰暗面。

我當然有先預想過最惡劣的發展。

我不曉得夢前光看見這段話會怎麼想，或許會承受不了而哭泣，甚至演變成更嚴重的狀況。

然而，我決定賭賭看。

賭那傢伙已經堅強到可以承受。

於是，經過了兩天的今天。

她還是沒有寫下答案，只留下一如往常的逞強與謊言。

『坂本同學誤會了，我不是自殺，拜託你相信我。不要再干涉了！』

她只有這麼寫。

「她對我的信任只到這種程度嗎……」

我似乎尚未得到那傢伙的信任。我感到有些洩氣地闔上筆記本。算了。老實說，我不覺得可以從夢前光口中得到答案。既然無法從這傢伙身上問出真相，只能從其他地方下手了。

「夢前光，等著我吧。」

於是我衝出了家門，烏雲密布的天空看起來泫然欲泣。

連天氣都想要阻止我們。可惡。

這幾天觀察妹妹的部落格讓我知道了一件事。

昨天的我仍一直死纏著風城，平日主要是在放學後，假日則瞄準特定的時段。不過對話內容沒有寫在部落格上，所以我無從得知。可是，那傢伙不擅長說謊，談話的結果從妹妹擔心不已的模樣就可以略知一二。

『哥哥又去見風城先生了，為什麼每次道別時他總是會露出悲傷的表情？我實在無法不多想……！』

「什麼都要扯上ＢＬ……算了。」

簡單來說，她被對方敷衍過去，沒有問出復仇的細節。

不過，拜部落格之賜，我掌握到了風城的行動模式。

平日在學校，然後立刻回家。

重點是在假日，風城每逢六日，一定會在某個時段造訪某處。夢前光似乎也發現到那件事，於是都會趁那個時段試圖與風城接觸。

既然如此，我也只能按著她的方式去做。

「是在這附近等嗎？」

地點是在鎮郊，還不能算是鄰鎮。

充滿綠意的這個地方，是蓋在平緩山坡上的一座墓地。

肆意生長的植物未經修剪，在某些季節感覺會有很多昆蟲。幸好今天是陰天。

那傢伙每逢假日都會造訪此處，而且總是挑在傍晚的五點前。

這個時間代表著什麼意義，我再清楚也不過。

「來了……！」

我躲在離入口有一段距離的停車場角落，發現風城後，我開始尾隨在他後頭。

風城在無人的櫃檯借用了水桶跟掃帚，然後繼續往裡面走去。他走到一半，停在某座墳前開始進行清掃。

不用問也知道。

是那傢伙的墳墓。

是我的另一半曾經活過的證明。

也是已經不在人世的證明。

竹掃帚劃過石板路的聲音，彷彿在與轟隆作響的天空對抗。

少年接著更換花瓶的水，插上新花束。點燃線香後，在墳前供奉「樂天哮熊餅」

——原來她從以前就很喜歡那個嗎——完成了準備工作。然後，他靜靜雙手合十……

下午四點五十九分，是那傢伙死去的時間。

風城用端正到不行的側臉禱告。

微微張開的細長眼眸流露出一股惆悵與飄渺。連身為男人的我，都忍不住覺得

「哇，那傢伙好帥」。

「坂本，你差不多可以現身了吧？」

「哇！」

完全被他發現了。

躲在附近圍牆的我，只好狼狽地現身。

「你……你好……」

「果然是你嗎？別每次都在這個時間出現。」

因為不好意思打擾別人禱告嘛，那傢伙也跟我抱著相似的想法吧。

「你今天有什麼事？抱歉，要是你還一直追問那件事，我可真的要生氣了。」

他的聲音比之前見面時更顯得冷漠。看樣子夢前光似乎也很焦急，放棄用拐彎抹角的方式問他了。

「我最寶貴的人在這裡沉眠，我不希望在那傢伙的墳前吵鬧。」

風城沒有看向我，逕自說下去。

可是，我不能就此退縮。如果在這時退縮了，我來這一趟就沒有意義了。

話雖如此，現在就算阻止他或是詢問他原委，我想他也不會聽進去。所以，我這麼說道：

「風城。」

「什麼事？」

「夢前光的靈魂寄宿在我身上。」

「…………」

氣氛頓時一陣緊繃。

看來他真的動怒了。看得出來吧？這股氣氛讓我感覺到：「喔，那傢伙討厭我。」

現在我在那傢伙的心中化為了「惡」。

「是嗎？我不曉得這件事。」

「我沒有騙你。我跟夢前光每隔一天就會對調。」

面對風城平靜的聲音，我也儘可能冷靜回答。

不相信也無所謂，只要可以成為某個契機就好。

「早上四點五十九分，這是我跟那傢伙的消失點。昨天放學後去見你的人不是我，是夢前光。自稱性感美夢的人也是夢前光。說自己父親是橄欖球選手的人也是夢前光。在咖啡廳喝了冰咖啡，現在在你眼前的人才是真正的坂本秋月。」

「哦，那真是恭喜你啊。話說回來，坂本，原來你認識光啊。不過都無所謂了。」

風城似乎不打算理會我，他不帶感情地敷衍著我的話。可是，他的語速稍微變快了，從這點可以看出他似乎在壓抑著怒氣。

我才不在乎咧，無論多少遍，我都會說下去。

「跟那傢伙的同居生活真的很折磨人。她完全不聽別人的話，老是惡作劇。不過我也樂在其中，所以就算了。」

不知不覺間我變得滔滔不絕。

「我跟她處得挺好的，她上次還誇我很帥，好像有說過如果還活著，想要跟我交往～老實說，我一點都不在乎。」

捏造這些子虛烏有的事情讓我感到羞愧難當，但我現在別無他法。要讓對方說出真心話，激怒對方是最快的方式。

正如我所想的一樣，似乎很有效果。

「……坂本，你給我適可而止。你想說什麼？」

我有點被他的氣勢壓制住。

忍不住想要別開視線，但不能這麼做。我也對自己的長相頗有自信，在負面意義上。

「夢前光吵個不停，說什麼要阻止風城。既然她都說成那樣了，我只好──」

我被他狠狠揍了一拳。

他氣勢洶洶衝了過來，不發一語賞了我一記直拳。

你很擅長打架吧？呃，好痛，鼻子好痛……

「本來以為你是個奇怪的傢伙，沒想到竟然是這種頭腦有問題的人。要是沒有跟你扯上關係就好了。」

他用充滿不悅的聲音說道，彷彿不屑地吐了口唾沫。

「不准……不准再糾纏我。你最好給我死得遠遠的。」

風城接著轉身準備離去。

「等等！」

不過我不會讓他一走了之的。

如果是那傢伙，應該會含淚放棄吧，但是我可沒有那麼溫柔。

「那傢伙啊！到現在還是不肯承認自己是白殺！」

風城停下了腳步。

他驚訝地看向我，呼吸變得急促，臉色倏地刷白。

「我全部都曉得！包括那傢伙是自殺的！還有在瀧王高中發生的事情！以及你打算復仇的事情！」

他的雙腳與嘴唇顫抖不止。可是，我不能就此罷手。

「我看見了！我看見那傢伙死去的那一幕！」

我拿出放在口袋裡的學生手冊，彷彿像在對全世界展示。

被遺留在這片陰暗的天空下，主人已經不在人世的證明。

「上面寫著那傢伙的最後遺言！那傢伙在那天自殺了！她冒雨衝到行人穿越道上，然後被計程車撞死了！那天的事情至今仍烙印在我的記憶中！那傢伙為什麼自殺了？你到底是要對誰復仇？你知道什麼的話就告訴我！不要繼續折磨那傢伙了！」

我發出吼叫，像在大聲哭喊。

不，或許我真的哭出來了。

「…………」

世界寂靜到讓人痛苦難耐。

空氣如同銳利的玻璃，光是站著便能夠割傷我們。

被揍的鼻梁劇烈疼痛。

等到風完全靜止時，我聽見了像是呻吟般的聲音。

「可惡……你到底是怎樣……淨說這些無聊的事情。可是，你好像是真的看見光死掉的那一幕吧。既然如此，那你告訴我，她是為了什麼而死的。」

風城背對著我，站在世界的角落仰望著天空。

這傢伙似乎不打算回到世界中央。

這傢伙放棄成為世界的主角。

「我第一次見到她是在升上高中分到同一班時。貌美的光在班上早已是風雲人物。可是，在當時對我來說，她不是那種會讓我印象深刻的人。」

雖然看不見他的臉，但莫名感覺到他在笑。

可能是我多心了。

「第一次對她留下印象是在開學後過了一個禮拜左右，打開鞋櫃發現放了用好幾層信封裝的信，光是要拆開來就很折騰人。感到厭煩的我拆到一半就索性扔掉。結果，隔天光突然跑到我面前這麼說：**『正常人會拆到最後吧？我難得想到了一個天大的惡作劇，偷放了一封男孩子寫的情書在裡面！你明明有張男孩子會喜歡的長相！』**因為太過無聊，我當時還是沒有理會她。」

她從以前就在惡作劇嗎？真是死性不改。

「再來是那傢伙插手管別人吵架這件事加深了我的印象。老師跟學生的無聊糾紛，毫無關係的那傢伙卻一頭栽進去。她嘴巴上說不可以使用暴力，卻向對方使出了擒抱，讓我印象深刻。我心想她是白痴嗎？結果被老師訓得最兇的是那傢伙。」

很容易想像當時的狀況。

沒錯，我所知道的夢前光跟這傢伙所知道的夢前光是同一個人。

「類似的事件之後也陸續上演，光是就我所知，她拿著掃帚介入男生之間的吵架，導致愈演愈烈；看見女生被男朋友毆打，立刻把手邊的飲料扔向對方，結果卻飛往截然不同的方向。所以她每次都會被老師叫出去訓話，要她不要多管閒事。」

我覺得這真的是多管閒事。為什麼她要主動去淌渾水？雖然「為什麼」這句話對她不管用。

「某天，我跟她因為班級幹部的事情而兩人獨處，只是單純的分類工作，那傢伙卻只顧著聊天，什麼也沒做。我當時這麼問她：『妳為什麼總愛多管閒事？』袖手旁觀的話，就能過著安穩的日子。結果你知道她怎麼回答嗎？她回答因為她想變得堅強，於是一直熱心助人。因為太過莫名其妙，讓我說不出話來。可是，我想是從那個時候開始吧，我開始一直追尋著她的身影。想說光碰到困難時，我隨時都可以出面幫助她。」

風城回想著過去，儘可能正確描述。

「只是我很害怕，害怕遲早會被那傢伙發現。」

說到這裡，風城從正面注視著我。

不健康的蒼白臉龐，因為受詛咒的記憶而扭曲了起來。

「一年前的我，在班上受到排擠，還遭高年級生勒索。他們說看不慣我囂張的態度。你應該可以想像得到吧？」

「咦——」

「我一直擔心哪天會被她發現這件事，光要隱瞞就讓我竭盡心力。結果那傢伙卻一直主動跟我搭上關係。不曉得是不是因為擔心我沒有朋友，她問我要不要一起當正義的化身，因為女生的能力範圍有限。這是我第一次受到其他人的拜託。因為受到風雲人物的光的拜託，得意忘形的我於是答應幫忙她。這只是因為我在單戀她，並不是想得到其他人的感激，也不是自己主動想要幫助人。我只是——」

風城仰望著天空，把話吞了回去。不會再度說出口的那句話。

「然而，這件事當然不可能一直隱瞞下去。最後還是被她發現我在班上受到欺負，我從來沒有覺得如此丟臉過。可是，那傢伙仍繼續跟我當朋友，繼續待在這麼丟臉的我身旁。只是，這是一個錯誤的決定。」

漆黑染上了風城的眼眸。

彷彿像是深不見底的洞。

「自己都受到欺負了，還有能力保護女人嗎？因此我受盡嘲笑。於是我把矛頭……我自己也不明白我為什麼會這麼做，我遷怒到光的身上。我曉得這是最差勁的行為，但我還是說出口了，叫她不要再干涉我，說會演變成這樣都是因為她。」

風城繼續說道，這段回憶彷彿深深刺痛著他。

「我變得開始經常請假，儘可能避免見到光。結果這次輪到光受到欺負，原因是她為了我跟班上的人吵架。她在學校遭到無視，沒有人伸出援手。怎麼想都是我造成的，是我把那傢伙逼到這個下場，結果我卻視若無睹。雖然光有打電話給我，但我卻沒有勇氣接。光對我來說太過耀眼了。因為不曉得要憎恨誰，結果我把這股恨意投向自己最重視的朋友。

然後某天光傳了簡訊給我，內容像是一封遺書。結果那些話變成光最後對我說的話。從寄信時間來看，她似乎是在死前傳來的。雖然警方表示她是意外身亡，但我很清楚那傢伙是自殺。我活在世上也沒有意義了，於是我決定要尋死。可是，我不能白白送死，讓光痛苦的那些人還活在世上的一天，我不能簡簡單單就死了。」

風城終於呼吸了一口氣。

他看起來痛苦不堪，彷彿拒絕活在世上。

「難不成你打算殺了那些欺負光的人……」

我努力擠出話來。

風城動作緩慢地搖了搖頭，籠罩在他身上的黑暗漆黑到感覺不像是在否定。

「我要在他們心裡留下會後悔一輩子的陰影，跟光一樣會想要尋死的巨大傷害。」

風城露出悲痛的表情擠出聲音，讓我感覺到自己全身起了雞皮疙瘩。

「你打算做什麼？」

「……抱歉，我不打算透露。離開吧，你已經滿足了吧。」

怎麼可能就這樣離開，我沒有無情到聽到這麼沉重的話還能說出「是嗎？那再見」然後拍拍屁股走人。

「風城，快告訴我。你不告訴我的話，明大的我——夢前光就會跑來問你。」

「……你還在鬼扯這些話嗎？給我適可而止。」

少囉嗦，我會一直說下去的。

「為了向彼此報告近況，我跟那傢伙在交換日記。如果你不肯說的話，我就在日記這麼寫：『風城憎恨著夢前光』，你願意這樣嗎？」

「…………我並不憎恨那傢伙。」

「是不是真的我不在乎，只要我寫上去就會成真。夢前光一定會相信我說的話。如何？即使被那個傢伙討厭——」

「住口！」

風城的吶喊響徹天際，瀰漫著一股緊張的氣氛。

「無聊……什麼她的靈魂寄宿在你的身上，你是白痴嗎？怎麼可能——」

「我哪有什麼辦法，因為我說的全都是真的！那傢伙是我的另一半！現在也是——」

「夠了，我懂了！我告訴你吧！我馬上就要死了！我會在光生日那一天主動消失在這個世界上！可是，我不會悄悄死去，我會儘可能召集媒體跟看熱鬧的民眾，在眾目睽睽下死去。我已經在網路留言板寫下自殺預告，也誘導媒體去注意網路的留言。只要等到我死了，復仇就正式展開了！」

風城呼吸了一口氣，再次瞪視著我。

「臨死前，我會對媒體跟圍觀者說出所有的事情，光去世的真相、被欺負的實際情形、加害者的個人資料等，舉凡是跟那傢伙的死有關的事情。之後會演變成如何——你應該曉得了吧？」

「…………唔。」

「光受到欺負的事情曝光後，便會有人對她的意外身亡感到懷疑。這麼一來，警方也不得不重新進行調查。之後就簡單了，只要新聞報導證實她是自殺，社會勢必會關注起這個事件。」

「……你打算為了這件事尋死嗎？」

「……坂本，你有看過網路上的留言板嗎？那群傢伙一定會上鉤，美少女受到欺負，最後自殺。單戀她的男孩子為了復仇，也追隨著她自殺。接下來那群加害者就會受到譴責了。我要讓那些傢伙背負著一輩子都無法抹滅的罪孽。」

風城吐露了內心深藏的黑暗，悲傷地仰望著天空。

他那張蒼白的臉彷彿對一切感到死心。

「這就是我的復仇。坂本，我死後麻煩你也要作為關係人炒熱氣氛。」

「你是在說笑嗎？」

「是啊，我是在說笑，哈哈。」

有種……有種不對勁的感覺。

「那傢伙……夢前光肯定不會希望你這麼做。」

「我想也是。我無法成為那傢伙心目中的英雄。可是，這樣就夠了。」

風城轉過身去。

我有種他再也不會回過頭來的錯覺。

「我要自我了斷，然後，讓光復活，活在世人的記憶中。」

是的，風城吐露了絕望。

面對著那道漆黑的背影，我做了最後的掙扎。

「風城，我絕對會阻止你……！為了那傢伙，我絕對會……！」

「你能夠阻止我的話，就儘管試吧。就算無法讓她喜歡上我，但我喜歡光的心意不會輸給任何人。為了那傢伙，無論多少次，我都會重新爬起。」

踏在碎石子上的聲音化為不悅的耳鳴縈繞不已。

還有——

將此作為開場白，風城最後丟下了一句話。

「坂本，你的人生感覺很快樂。」

「啊？」

「不好意思揍了你，抱歉。」

接著風城邁步而去。

只剩下漆黑的天空責備著我。

「沒有回覆嗎……」

沒有寫下隻字片語的筆記本讓我感到失望。

這也難怪，我不認為這件事只憑一兩天就可以化解。而且，我也沒有空閒動不動就沮喪。

今天是七月九號，從風城透露復仇計畫後經過了兩天。

之後我不斷思考阻止風城的辦法。

那傢伙的目的是藉由自己的死來博取社會矚目，並利用媒體與網路來報復學校的那群人。

「哇，他說的是真的。」

正如風城索言，風城的復仇劇在網路上掀起了小小的騷動。

看樣子是因為他不斷將自殺預告留在網路留言板上，於是引起網友爭論真假。

總之透過網路上的情報讓我掌握了以下幾點。

①執行日是七月十八日。時間不詳。

②地點是車站附近的大馬路上。詳細地點不詳。

只有這些而已。他果然決定在夢前光的生日七月十八日動手。

不曉得時間讓我感到很棘手，但風城說想要聚集人潮，由此判斷應該是白天或是傍晚。

地點的範圍很廣，但這點不成問題。車站附近的十字路口，就是夢前光車禍身亡的地點。刻意選在夢前光的生日實行，風城肯定會選在車禍地點附近動手吧。

「總之現階段掌握的只有這些吧。」

老實說資訊量太少了，光憑這些我實在無能為力。

如果把這些事情告訴警方，或許狀況會有所轉變，但這樣就沒有意義了。只要那傢伙的傷口尚未癒合，就算被送進牢房，也只是延後悲劇的發生。那傢伙勢必會再次計畫自殺。必須想辦法讓風城洗心革面。

接下來，我發現了一個天大的問題。

夢前光的生日當天，七月十八日。

非常遺憾的是，那天的我「不是我」。

我不斷推算著日期，依舊改變不了結果。換句話說，在復仇那天我什麼也做不了。

因此，更需要夢前光的協助……

我將風城告訴我的事情一五一十寫在筆記本上，包括復仇的事情、類似遺書的簡訊，以及他的往事。自此之後，夢前光便失去了音信。考慮到那傢伙的心情，或許這也是情有可原。

「拜託要千萬要趕上。」

我獨自喃喃自語，全神貫注祈禱著。

然後我將前天的文句再次寫在筆記本上。

『我絕對會阻止風城。因此需要只有妳跟風城知道的生前記憶。什麼都好，拜託妳告訴我，拜託妳了。』

我沒有辦法再進一步說動夢前光，只能盡人事聽天命。這段期間，我為了做其他準備，於是走出房間。

總之眼下最重要的情報是風城的行動。

他選在夢前光的生日自殺。

他究竟打算用何種方式？

在眾目睽睽之下，真的能夠如此順利嗎？

為了查明這個真相，除了調查風城的行動，別無他法。只是不擅長跟蹤的我鐵定會被發現，上次也是完全曝露了行蹤。

於是，我想出了一個殺手鐧。

「不好意思，可以請你再說一遍嗎？」

我正跪在妹妹的房間向她磕頭請求。

「拜託妳，幫我跟蹤那個名叫風城的男人！」

我的殺手鐧之一，雪瑚。

這傢伙肯定會跟蹤得很順利。事到如今理由應該不用我贅述了。

「……為什麼要做這種事？話說回來，風城是誰？」

妹妹仍裝出不知情的模樣。算了，到了這個地步，已經無所謂了。

「風城就是上次跟我在南極星喝茶的人。麻煩妳每天跟蹤那傢伙，向我報告他的任何一舉一動。」

「為什麼要拜託我？」

「因為我很顯眼，跟蹤起來很困難。這方面妳就很出色吧？」

「跟哥哥比較起來的話……可是，為什麼要做這種事？」

「我想更了解那傢伙的事情。」

「啊？」

妹妹露出像翻車魚般的表情，整個人楞住。

誠如各位所知，我已經知道這傢伙的嗜好。既然如此，就要充分利用一下。

「拜託妳，其實那傢伙好像瞞著我跟陌生的男人見面。這件事讓我很不高興，這股心情到底是──」

「呃，咦？咦咦咦咦！」

瞧，她上鉤了。

「所以我實在很在意風城，拜託了！請妳協助我！」

「在……在意……！嫉……嫉妒……這份嫉妒好萌……流口水……！」

妹妹一臉興奮地斷斷續續說道。

好，感覺很順利。再加把勁吧。

「雪瑚，聽好，那傢伙的行動會關係到我的性命！我是認真的！」

「性……性命！你對風城這麼的……？」

「是啊，這是當然的！」

我強而有力的宣言擊沉了妹妹，她聽到這番話後，興奮地鬼吼鬼叫一陣子，容光煥發地轉身看向我說道。

「……我……我明白了。為了哥哥，我就盡一份力吧。我會努力不讓他被其他人男人搶走的！」

「不愧是我的妹妹！妳願意幫忙吧？」

「是的！我要開動了！」

得到妹妹這個讓人一頭霧水的回答後，我再次向她低頭道謝，便離開了房間。雖然之後可能會變得很麻煩，但總之計畫進展順利。

「好，接下來是那群傢伙吧。」
我一面滑著手機的通訊錄，一面奔入陰鬱的天空下。

「——以上是你們的任務。辦得到嗎？」
「這恐怕有點不妙吧……」
在某個電子遊樂場的停車場，我跟龐克頭率領的小混混軍團圍成一圈，進行密談。為了醞釀氣氛，我們一律是小混混式的蹲姿。這姿勢讓腰好痛啊。
殺手鐗之二，龐克頭與危險的夥伴們。
不知道是不是歸功於他們五顏六色的奇異髮型，從剛剛就沒有半個路人敢靠近。這下應該不用擔心機密洩漏出去。
「你們一定沒問題吧？只要一下就好。」
「可……可是……即使是坂本先生的要求……」
相較於我的幹勁十足，龐克頭整個人退縮起來。喂，明明是小混混還這麼膽小。所以才會當小混混吧，我很清楚。
「坂本先生，我想還是沒辦法。雖然想做的確做得到，可是這麼做的話就會扯上警察。我們的宗旨是，所做的壞事必須不會對社會造成麻煩，不會影響到光明燦爛的未來……」

真是和平的宗旨。這些傢伙為什麼當小混混？

然而，我不能就此放棄，也是為了繽紛燦爛的未來。

「我當然不會叫你們做白工，我會給你們好處。」

我拿起手機，點開電話簿。

小混混們屏息凝神注視著我，我的目光一個個掃過在場的眾人後，靜靜說道。

「你們曉得我的電話簿跟你們的電話簿有什麼不一樣嗎？」

「咦？不一樣嗎？」「什……什麼意思？」「不曉得耶。」「這個問題太難了……」

小混混們滿頭問號，我對他們這麼說道：

「上面輸入的號碼幾乎……都是女孩子的！」

「咦咦咦咦咦咦咦咦咦咦咦咦咦咦咦咦咦？」

小混混們的驚呼響徹天際，嚇壞了路人。沒想到我要做這種不光彩的交易，讓我覺得外表真的很重要。

「聽好，現在跟我交換信箱的女生超過三十人，其中有些人可能對我有好感，也有人找我約會，我甚至試著跟她們索取香豔照，結果如你們所見。」
我遞起手機向眾人展示，首先是穿著綁繩內褲的小霞、穿著C字褲（!?）的妹妹，其他還有班上女生露出雪白內褲的照片……以及我的丁字褲照。基於隱私考量，每張照片皆有遮住眼睛。
「也可以輕鬆取得這類照片。」
「天啊啊啊啊啊！花……花花公子啊啊啊啊啊！」
「哎，我對女人興趣不大就是了。」
「喔喔喔喔喔！好帥喔喔喔喔喔喔！」
小混混們個個羞紅了臉，雙手遮著臉尖叫。
抱歉啊，玩弄了你們的純情。沒想到那個變態老師給我的應用程式『露內褲很害羞！』竟然可以派上用場。先說清楚，狂拍這些女生的人不是我，是夢前光。因為這些照片刪不掉嘛，老實說我也受到這些照片不少照顧，所以也不好說什麼。
「一堆女人對我言聽計從，你們懂我的意思嗎？」
「吞口水……」
「這個計畫要是成功的話，我就讓你們跟女孩子合照！」
「喔喔喔喔喔喔喔喔喔喔喔喔喔喔喔喔喔喔喔喔喔喔！」

「還有！安排你們跟女孩了一起吃飯！」

「好啊啊啊啊啊啊啊啊啊啊啊啊啊啊啊啊啊啊啊啊啊啊！」

「之後就是看你們表現了！床在吶喊了！」

「耶啊啊啊啊啊啊啊啊啊啊啊啊啊啊啊啊啊啊啊啊啊啊！」

「你們願意去做嗎！」

「「「「當然願意！」」」」

小混混們齊聲答應後，一個個跟我握手。然後，輪流蓋下血的誓約（因為怕血所以用印泥代替），便互相道別而去。

一切順利。這下當天的防守可說是完美了。接下來只需要等待妹妹的報告。

我發出勝利的吶喊，騎著腳踏車仰望著陰暗的天空。

…………

拍個男女合照應該無妨吧……

「嗯，沒問題。」

我試寫了一下放學後買回家的黑色奇異筆。

是很普通的油性筆。為了以防萬一，我買了大號的。只要我的計畫順利進行，這傢伙就會變成排除萬難的必殺武器。

自從展開作戰計畫與小混混們的調度，經過了數天。能夠做的準備幾乎都已經完成。

夢前光依然毫無音信，但也只能等待了。我再次翻開筆記本，把前天的文章重新寫了一遍。

然後，拿起「另外一本筆記本」。

這幾天我妹妹雪瑚每天都早出晚歸，她露出自信滿滿的笑容，將人類的希望交到了我手上。

是的，是風城同學的跟蹤日記。

封面寫著『～隨秋風而腐的淫亂綠葉們～』，雖然完全看不懂意思，但我決定不去在意。從妹妹手上收下筆記本後，我對妹妹說：「我有點事要做，妳不要進來我房間喔。」結果妹妹像是發情期的猴子般大聲尖叫：「有點事要做？風城時間！哇！哇！」

我已經懶得管了。不要理會，不然會腐敗。

「拜託了，只要有任何線索都好。」

我對著封面祈求，然後慎重地翻開。

妹妹渾圓的可愛字跡與我有如天壤之別，雖然與夢前光有些相似，但有股不同的韻味。我從頭開始閱讀她寫的內容。

然後內心感到一股篤定。

我的妹妹好厲害。

沒想到短短幾天就將整本筆記本寫完，並附上偷拍的淋浴照與更衣照，這種時候我就不計較了。她的這股跟蹤毅力會在將來派上用場吧，在負面意義上。

將這些暫時擱在一旁，我慎重地閱讀下去。

生活作息正常的風城，基本上每天早起上學，下課後便回家，行為模式十分簡單。看似只是不愛出門的少年，但有時會出現不規律的行動。換句話說，就是與「復仇」有關的行動。

『凌晨四點時離家，好像在附近散步？沒有做什麼特別的事就回家了。因為他的表情有些嚇人，讓我印象深刻。』

光這樣還無法看出蹊蹺。

『他再度早起，非法入侵一棟廢棄的大樓。不曉得他打算做什麼？』

到這裡已經可以隱約看出了。

『他依然很早起，把一個大型儲水桶搬到廢棄大樓。那雙細瘦的手臂搬起來應該很吃力吧。』

我的想像轉變成了確信。

『他再度一大早來到廢棄大樓。一臉茫然地從窗戶往外看，然後就離開了。』

「…………真的假的。」

雖然情報有限，但看到這裡已經八九不離十。

那傢伙果然打算自殺，而且還要用非常殘忍的手段，讓自己痛苦地死去。風城的決心竟然堅決到這種地步。

我重重咂了一聲舌，拿起平常的那本筆記本。

「拜託拜託拜託！這樣下去事態真的會變得無法挽回！」

我再次在筆記本上拜託夢前光說出他們的往事。

如果我的猜想正確的話，阻止風城的計畫應該沒有問題。只要時機沒有出錯，應該可以順利進行。

為此我必須擁有一張牌。少了夢前光的回答，這個計畫根本完全無法進行。

「我絕對會阻止你的……風城。」

離她的生日只剩五天。

後天，也就是星期日。

我難得睡醒後感到精神飽滿。

莫非莫非？我滿懷期待跳下床，立刻翻開筆記本。

然而——

「沒有寫……」

我邊吃早餐邊聽妹妹描述，我昨天似乎早早就入睡了。所以才會這麼有精神嗎？不過，這也有可能是因為她不想要醒著。

我到底該怎麼辦才好，真的火燒眉毛了。

離計畫執行日還有三天。

我盡我所能地準備就緒。

只剩一張牌。

只要湊齊我就可以打出同花大順。我的計畫應該遠比那傢伙的復仇還要完善。

可是，這樣下去只會變成一手爛牌，最後一張牌的意義重大，沒有夢前光的協助，這個計畫絕對不會成功。

「…………嗯？」

口袋傳來一陣震動，原來是手機收到了一封簡訊。

我不經意拿起手機一看。

『現在有空碰一下面嗎？』

比起簡訊內容，寄件人更讓我吃驚。

「…………」

接著我握著手機，踏上黑沉沉的柏油路。

曾經被我斬斷的這綹蜘蛛絲。

一定尚未斷盡。

我在內心祈求著，邁步奔跑在路上。

染上一片漆黑的天空，看起來泫然欲泣。

正如我所料，我比對方晚到。我忍不住多想，內心頓時一陣刺痛。

「對不起，突然約你出來。」

那次的公園。

那次的回憶。

雖然是最近發生的事情，卻讓我感到有股懷念。

約我出來的人是同班的小霞。

這個地方留有那次冰冷不已的冰淇淋回憶。

自從那件事過後，我們變得有一些疏遠，但多虧夢前光拚命安撫小霞，我們現在仍維持偶爾會閒聊一下的關係。

只是，一切都跟過去不同了。舉凡天空的顏色、我們坐在長椅上的距離，以及選擇坐在長椅最邊邊，她臉上的笑容。應該就是這些吧。

「突然約我出來是怎麼了？」

「嗯……嗯，有件事我無論如何都想要問你……」

她還是講話結結巴巴，視線在我的面前游移不定。

因為夢前光做了許多讓她會錯意的事情，導致最後被我甩掉，就算是不同人格造成的誤會，但仔細一想我還是做了一件很差勁的事情。因此敗壞名聲受到同儕之間的排擠，我也覺得情有可原。但我現在仍在班上被當成可靠的男人，女孩子也對我釋出善意的關心，我想這應該是因為她沒有說我的壞話。對她除了抱歉還是抱歉。會拒絕這麼好的女生，我覺得拒絕的人一定是頭腦有問題。真的很對不起。

小霞就是這麼一個善良過頭的少女。

事到如今她找我還有什麼事？

「坂本同學，請你不要生氣聽我說。」

小霞先說了這麼一句話。

「你跟喜歡的女生……發展不順利嗎？」

「咦？」

出乎意料的問題讓我有些反應不及。什麼意思？

「咦？為……為什麼這麼說？」

「呃，因為你最近沒有精神，我想說是不是發生了什麼事。如果是我猜錯了，先跟你說聲對不起……」

…………

果然在她眼中也是這樣嗎？

她會有這個感覺，代表那傢伙真的被逼到絕境。可惡。

「呃……難道妳叫我出來是想要鼓勵我？」

「……不，不是的。」

小霞微微低著頭小聲說道。

「我是在想……或許機會來了。如果不順利……或許我……還有機會……我是這麼期待的。」

「…………………」

「……肯定沒有機會吧。對不起……可是，我就是無法死心。」

我忍不住別過臉去。

我無法正視她，為什麼妳還願意喜歡我？正常來說會討厭我吧？可是，現在的我可以明白她的心情。曾經喜歡上一個人，就無法輕易討厭對方。

「小霞，我可以說些傷人的話嗎……？」

「咦——」

我筆直注視著她的雙眼。

然後慢慢說道：

「我有個很重要的人，那傢伙現在正在一個人痛苦著。我努力想要幫助她，可是，我不曉得辦法。我想要抱緊她，撫摸她的頭，好好安慰她。然而，我卻連這些都做不到。」

無法與她相見，無法牽著她的手，甚至無法交談。

對我們來說，這是永遠無法實現的願望。

我愛上了再也無法見到面的少女。

「……你對那個女生這麼的……」

她閉上眼睛低聲說道。

她悲傷的聲音讓我不得不別過臉去。

「我應該怎麼辦才好？要怎麼做才能讓她重拾笑容？如果是妳的話……妳希望我怎麼做？」

我說出了很傷人的話。

我真的一直對她做出很殘忍的事情。

「…………對不起，我是這種差勁的傢伙。」

「不，不會的，你別在意。你對她這麼一往情深……讓我感到很羨慕……」

傳來一個吞口水的聲音，隨即被吸鼻水的聲音蓋過了。

她輕笑了一下，眼眸有些濕潤。

「對自己坦率，坦率地將自己的心意傳達給那個人，我想她一定會重拾笑容的。如

……如果是我的話……我一定會希望坂本同學這麼做……因為想知道喜歡的人真正的心

意——」

「———」

她的這番話彷彿滲進了我的腦海之中。

她點醒了我一直逃避去面對的事情。

「……坂本同學果然很溫柔呢。真的……徹頭徹尾的。」

「我一點都不溫柔。」

「沒有這回事，坂本同學很溫柔，比任何人都還要來得——」

我宛如燃燒殆盡的蠟燭，她用溫暖的聲音撫慰著我。

小心翼翼用雙手護住僅存的火苗。

「……呵呵。你欠我的這份人情很大喔。」

她從長椅上站起，回過頭看我。

難得露齒而笑的她，彷彿閃爍著一股光輝。

「坂本同學，明天見。掰掰。」

她露出像是想開似的笑容，接著奔跑離去。

我仰望著天空，久違地感到肩膀放鬆。

對著天空傾訴說不出口的這句話。

謝謝妳，謝謝妳願意喜歡這樣的我。

「這樣嗎？」

與小霞道別後，我花了數小時在筆記本上寫出這段話。

『我從來不曾後悔救妳，永遠都不會後悔。所以請妳相信我，我一定會保護妳的。』

要寫出這些話居然這麼花費時間。

可是，這是我終於尋獲的真心話。

至今無法傳達出去的真正心意。

與小霞談過後，我終於發現自己是多麼仰賴那傢伙。

「晚安，一切都託給明天的我了。」

於是我沉入了黑暗之中。

在睡夢中出現一名少女。

她在我的身後露出笑容。

「……咦？」

我突然被喚醒了過來。

被黑暗與無聲的風所包圍，我恢復了意識。

我正站在陽台上仰望著拂曉的天空。

……她沒有睡嗎……

夢前光似乎沒有入睡，一直等到四點五十九分的來臨。我害怕去思考這個時間代表了什麼意思，於是舉起左手握著的手機確認日期。

七月十七日，明天就是夢前光的生日。

「——啊。」

我發現自己右手握著某個東西。

是牽起我跟夢前光的唯一橋梁。

這本筆記本可以說是我跟她的繫絆。

「……太好了……！」

我沒有時間感到猶豫。

翻開紙張的聲音迴盪在空中，我急忙翻到那一頁。
那傢伙終於在上面寫下了答覆。
夢前光託付給我的最後希望——
『對不起，我會把真相一五一十告訴你。所以，你一定要阻止風城同學！』
那傢伙難得沒有開玩笑，也沒有附上插圖，只寫下了這段祈求的文字。
……真相？什麼真相？
我當下猶豫著要不要繼續看下去，隨即甩了甩頭，拋開這個想法。
無論這上面寫了多麼痛苦的真相，我都要看下去。
「夢前光，只有我是站在妳這一邊的。」
我低聲說完後，繼續閱讀著日記。
那傢伙所託付給我，也就是夢前光的真相——
…………
………
……
「…………真的假的……」
竟然……是這樣……

難以置信的真相讓我壓低了音量，並再次看向手機顯示的日期。

現在是七月十七日的凌晨五點過後。

風城的執行日是在七月十八日。

我剩下的時間大約是二十四小時。

「……只能硬著頭皮上了。」

在看不見月亮與太陽的陰暗雲層下，我緊緊握住拳頭。

時間是凌晨四點半，下起了傾盆大雨。

我躲在廢棄的大樓中等待著那一刻到來。

七月十八號，夢前光即將來臨的生日。

以及，風城的復仇日。

雖然現在是一天的初始之時，但我剩下的時間寥寥可數。只剩二十九分鐘，我就不再是我了。在此之前，我必須讓一切結束。

即使下著大雨，這裡——風城在網路上散播的自殺預告中提及的大馬路附近，仍可以零星看見正在躲雨的記者身影。明明不知道時間地點，也不知道究竟會不會發生，這些人到底是有多閒啊。

可是，無論有沒有這些人都與我無關。不，有他們在反而更方便我辦事。

那傢伙應該差不多要現身了吧——

「喔喔喔喔喔喔喔喔喔喔喔喔喔喔喔喔喔喔喔喔喔喔喔！」

「「「————！」」」

在雨中響起了一聲猛烈的咆哮。

同時，原本昏昏欲睡的媒體軍團紛紛湧至該處。站在那邊的人是——

「是我！我現在準備要死了啊啊啊啊啊啊啊啊啊啊！」

一名男子站在沒有車輛經過的十字路口中央放聲怒吼。

發出轟隆巨響的機車。

跟我不相上下的身高。

經過鍛鍊的結實肌肉。

以及——

不輸給大雨的龐克頭！

「不能跟女孩子合照，人生就失去意義了啊啊啊啊啊！媒體記者啊！跟上我吧！睜大眼看著我的死狀！」

「快……快看！攝影師快清醒！出現了啊！」

「什麼？挑這麼早的時間！」

「幸好我們有駐守在這裡！」

「快……快追！那傢伙就是那個散播自殺預告的人！」

那個笨蛋！拜託用再自然一點的引誘方式好嗎！要在意合照到什麼時候啊！

「喔喔喔喔！只要完成這個任務，就可以拍朝思暮想的合照了啊啊啊！」

不過我的擔心似乎是多餘的。

高聲宣告將要自殺的龐克頭騎著機車揚長而去，那群跟班則緊跟在後頭。於是上鉤的記者們連忙驅車追趕。啊……只要順利就行了。

而且，那傢伙剛好在這時現身了。

「嗨，風城，我等你很久了。」

「……坂本，你這是什麼意思。」

有個人影撐著傘站在廢棄大樓入口處。

風城隆行終於現身了。

「你才在這裡做什麼？」

「住口。剛剛那通電話是你打的嗎……可惡！」

哈哈，別這麼生氣。風城，你的計畫有些漏洞。

你的計畫前提是必須博取媒體的注意力，才算是成功。既然如此，只要叫龐克頭大鬧一番，將媒體引開就行了。無論龐克頭是否被逮到，媒體都已經不會注意到你了。這裡原本就是自殺事件頻傳的國家，出現模仿犯也不足為奇。

「還有，裝有燈油的儲水桶我也拜託小混混撤走了！」

「…………可惡……」

透過妹妹的協助，我大致掌握到這傢伙的計畫。

「你打算在這棟廢棄的大樓潑灑燈油後點燃吧，所以才會選杳無人煙的清晨偷偷搬來那個大型儲水桶。」

廢棄的大樓在大白天突然燃燒起來，肯定會引起注目。雖然我不曉得他接下來打算怎麼自殺，但只要進行到這一步，計畫已經形同成功。遺憾的是，他的計畫只能到此為止。

「你打算怎麼辦？現在已經沒有時間再讓你把燈油搬過來了！雖然點燃很容易，但今天一整天都會下雨！而且我也會立刻叫消防車來的！」

「…………唔。」

接下來就簡單了，妹妹查到了風城的手機號碼，只要打電話過去說：「我要破壞你的計畫，大樓的燈油已經被我撤走了。」做事謹慎的這傢伙不可能不會前來查看。

「還沒……還沒結束，坂本……」

「你也真是不死心耶。」

我對不肯死心的風城露出苦笑。

真拿他沒辦法。

「風城！你知道這裡是哪裡嗎？」

我們正在廢棄大樓的前方對峙，我指著那條馬路詢問扔掉雨傘的風城。

「我怎麼可能不知道！」

「我想也是！」

怎麼可能不知道。對我們來說，是個永生難忘的地方。

這裡是我們愛上的那名少女死去的地點。

對風城來說，是故事的結束。

對我來說，是故事的開始。

在世界角落編織的故事，果然還是要在原處畫下句點才行。

「風城！你覺得我是怎麼樣的人？」
彷彿要將拍打著大樓的雨聲震飛，我扯開嗓子大喊。
我祈求著自己的聲音可以傳達給已不在這片天空下的那個愛哭鬼。
「風城，我啊，在不久前是人人避之唯恐不及的麻煩人物。改變我的人正是夢前光。」
風城不發一語。
於是我繼續說了下去：
「可是啊，仔細一想，是我誤會了。我什麼都沒改變，只是以為自己改變了而已。因為我什麼都沒做。」
是的，我什麼都沒做。
「我一直以為自己什麼都做不到。然而，事實並非如此。是夢前光告訴了我這件事。我能夠交到朋友、交到女朋友、受到班上的歡迎，全都歸功於那個傢伙。」
我以為自己幫助了那個傢伙。
可是，事實卻不是如此。
其實是我一直受到那傢伙的幫助。
那傢伙一直在背後守護著我。

所以……

所以，我必須要改變才行。

也是為了那傢伙，我要變得堅強才行。

「風城！放棄自殺吧！你的復仇講難聽點只是一種自我滿足！就算你這麼做也不會有任何改變！在世界的小小角落大吵大鬧怎麼可能會有什麼改變！醒醒吧！」

可是，風城臉上的黑暗仍沒有散去。

「……你懂什麼了？我要替光報仇。我不會讓任何人妨礙我的。」

風城站在漆黑的另外一端，從包包拿出了某個東西。

是打火機跟寶特瓶……？

「坂本，你以為這樣就阻止了我嗎？雖然注意力會降低，但媒體充其量只是一道保險。我只要在這裡死去的話，一定會受到社會矚目。我已經準備就緒了。」

「……準備就緒？」

「到了明天，會自動發信給新聞網站跟報社，上頭寫了光跟我的死亡真相。我的計畫尚未……結束！」

難不成——

「風城，你打算做什麼？」

「不要讓我一直重複，我會在今天死去，這個寶特瓶裡也裝了燈油，我事先放在包包裡。就算無法將大樓燒盡，要將我一個人燒盡可就綽綽有餘了。雖然燈油從頭頂淋下來感覺很不舒服。」

風城說完後，打開了寶特瓶的蓋子。

……怎麼會！

「風城，你快住手！把手上的打火機扔掉。」

「不要過來！」

「我叫你住手！」

可惡……

風城是大笨蛋！為什麼死都不肯放棄！

「拜託你，不要過來……我已經沒有活著的意義……因為我把光害死了。你曉得我為了這件事有多麼痛苦嗎？」

「不是的！不是這樣！」

「我沒有說錯！這是我最後所能做的補償——！」

接著，風城朝正面舉起打火機。

可是，可是。

我不會讓他得逞的。

我的雙腳自然而然向前邁出。

彷彿像將那天的我拋在原地。

一定是因為有人在我的背後推了一把。

我，我……

我說好了要保護妳——！

「**『我跟風城同學一起練習游泳！可是兩個人都是旱鴨子，完全無法練習！』**」

「——咦？」

我對著正準備點燃打火機的風城拋出了這句話。

風城停下動作。我一邊注意他的舉動，緩緩邁步向前並繼續喊著：

「『我們在南極星替風城同學辦慶生會！因為我忘了帶錢包，還讓他請客！』『我們在風城同學的家準備化學考試！我問他什麼是摩爾質量，結果遭到他的取笑！』『風城同學在志願欄填寫了想成為老師！我笑他不適合，結果惹他生氣！』『我強迫風城同學吃香芹，結果他氣個半死！下次我還要逼他吃！』」

「……什麼……咦……」

「……原來我的房間會充滿香芹的味道都是因為你的關係。你給我負起責任吃掉！」

我站在陷入呆滯的風城正前方，從他的手上拿走打火機。真是危險。

接著打開斜揹包，取出筆記本。

我跟那傢伙的祕密筆記本。要給他看這本筆記本讓我感到有些捨不得。

「快看！」

我翻開筆記本，展示給風城看。

「我在墓地跟你說過那傢伙是我的另一半吧，我跟那傢伙每隔一天就會對調。這是昨天的我所寫的內容，是只有你跟夢前光知道的過去，足以證實我說的話。拜託你相信我！」

「…………唔！」

風城用失焦的雙眼看向筆記本。

上面寫的是夢前光留下的最後希望。是夢前光與風城隆行兩人才知道的回憶。密密麻麻的一大串文字寫得歪歪斜斜的。

然後底下寫了這麼一段話。

『我不是自殺，相信我。』

「……咦……？咦？」

「風城，給我仔細聽好，那傢伙不是自殺。你會覺得事到如今別鬧了，但是你仔細看，下一頁寫了那傢伙的死亡真相。」

「為什麼你知道不會游泳的事情──咦？不是……自殺？」

「是啊，那傢伙不是自殺，夢前光本人把真相寫了出來。」

「…………唔！」

我站在失去言語的風城面前，嘆了一口氣。

……好，接下來才是麻煩的地方。

不知道那傢伙會出現什麼反應，某方面來說挺教人期待。

「風城，在你閱讀下一頁前，先跟我做個約定。我是那傢伙的另一半，請你相信

──」

「快給我看！」

「不，我會給你看，但在這之前──」

「快點！」

「……是，是。」

於是，我翻到下一頁。
上面寫的內容將會告訴風城真相。
我們愛上的那名少女的臨終——

『致坂本同學與風城同學。

很抱歉因為我引起了這次事件。可是，容我在此澄清。
我不是自殺。
雖然遭到欺負真的很痛苦，但我沒有自殺的意思。
當然曾經有過自殺的念頭，但坂本同學與風城同學也有過這種念頭吧？像是感到沮喪，對一切感到厭煩的時候。而且一想到媽媽與風城同學，便讓我完全打消了這個念頭。
可是，我在那天死去了。
正如警方所言，我是東張西望導致出車禍。不過，我不是在東張西望。
那天，我………』

看到這裡，我將筆記本收了回來。

「啊！坂本你做什麼！」

「等等，在這之前我還要說一件事。」

「什麼啦！快一點！」

臉色蒼白的風城大喊著，那道聲音混進了雨聲之中。

可是，唯獨這件事我必須先說清楚。

「風城，聽好，我先跟你說清楚，下一頁寫的是真相。就算是讓你無法相信的內容，你也千萬不能失去冷靜。」

「……好，我明白了。」

「說好了喔，無論你看到了什麼，也要保持冷靜喔。」

「……我向你保證。」

「真的嗎？」

「真的。」

…………

我們表情嚴肅地互相對望。

然後，在這片雨聲之中，我這麼說道：

「……還……還是不要知道會比較好……」

「別鬧了！不要一直吊人胃口！快給我看！」

「可……可是，我是先警告內容非常——」

「快給我看！」

……遵命。知道真相後也不要後悔啊。

於是我翻到下一頁。

「唉……」

……同時湧上一股濃濃的疲憊感。

『接下來我要說出真相。

其實…………

在我死掉的那一天，我在車禍現場的馬路上偶然與坂本同學擦肩而過！

當時坂本同學因為那張凶惡的長相，所有行人紛紛避開他，讓他難過地噙著淚。

那個模樣非常非常非常非常的可愛！

很萌————！

就像是少女漫畫裡出現的男孩子！

就像是遊戲中出現的，讓人無法討厭的反派！

然後……然後……

我就招了吧，其實我最近迷上BL，內心的感應器這時響了起來！

找到了我尋求已久的「受方」！

他跟擔任「攻方」的風城同學十分相配！

爽朗型男的風城同學搭配上懦弱的小混混一定很萌～！

風城同學強行推倒含淚的坂本同學，嘿嘿嘿～！

……

我滿腦子都是這些事情，走路沒看路於是就……死掉了☆

你懂的吧W』

……

「…………風城……呃……」

「誰──懂啦！」

喔喔，這個一板一眼的男人居然也會吐槽！不愧是夢前光，天然呆真是厲害。

「啊！她……她在胡扯什麼啊？很……很萌？呃，不，我是真的打算尋死……還以為……啊啊啊啊啊啊啊啊啊啊啊！」

糟了，風城得知真相後崩潰了。冷靜，要冷靜啊。為什麼在脫衣服！冷靜！你的形象變了喔！

「風城！面對現實吧！這就是真相！那個蠢女人因為不正經的癖好而死了，然後成為我的另一半！拜託你再繼續看下去！」

我將筆記本翻到下一頁，拿到風城面前。上面寫的是——

『因為我真的很——迷嘛！

雖然風城同學有些冷漠，但纖細中透出一股飄渺！

坂本同學的長相雖然很可怕，但其實有種懦弱的可愛！

這麼相配的一對，一生中只遇得到一次！而且，而且，坂本同學不知為何跟我喜歡的小說人物很相似！

鬧彆扭的坂本同學雙眼泛著淚光，風城同學則裝出冷漠的態度，但露出一絲溫柔的眼神注視著坂本同學，然後從身後輕輕抱著他的身體……哇！哇！

吶！有萌吧？』

「誰管妳！」

風城的咆哮蓋過了雨聲。

嗯，果然會這麼覺得吧，我也是這麼覺得。

「別開玩笑了！怎麼可能！你要人也要有個限度！那傢伙怎麼可能會有——這種興趣……………啊啊，這麼說起來……」

看來他心裡有數了。

順道一提我也是。

——沒想到妳有這種興趣（笑）

——**我哪有喜歡，只是剛好迷上而已！**

……沒想到那本小說暗藏著伏筆。

「那……那麼！她為什麼至今要隱瞞這件事！我是真的打算尋死——」

「拿去吧，這本筆記本借給你，盡情閱讀吧。」

我將筆記本借給風城，回收掉在旁邊裝有燈油的寶特瓶。啊，順道一提，她在下一頁的下方回答了風城的疑問。我因為一時無法置信，不知道重看了多少遍，都給我全背了下來。

『我一直很想坦白！從風城同學說要復仇的時候就想說了，因為我覺得這是我

的責任，所以我很想馬上把真相說出來！可是，用這個身體告訴你，你也不會相信吧……而且，呃，很……很害羞嘛。喜歡男男戀……可是，我不能讓重要的風城同學死掉，所以決定公開這件事！稱讚我吧！』

「誰會稱讚妳！妳這個──咳咳……」

啊，糟了。

平常爽朗又冷酷的風城同學倒了下來。是激動到腦充血嗎？

「竟然……竟然因為這種理由……我可是真的打算尋死……」

我完全能夠體會喔，因為我也在夢前光的墳前這麼說過：「我絕對會阻止風城……！為了那傢伙，我絕對會……！（耍帥）」完全是黑歷史。啊，不過比他那句「我喜歡光的心意不會輸給任何人（驕傲）」要好太多了。

「……坂本……」

「怎麼了？」

「那封像是遺書的簡訊又是怎麼回事？」

「遺書簡訊？你是說『我已經無法再一個人活下去。因為有那雙冰冷而溫柔的眼眸，才讓我的生命可以留駐在這個世界』這段話嗎？」

「為什麼你知道？」

「因為我在車禍現場撿到那傢伙的學生手冊，上面寫著這段話。」

她也順便解釋了這段話。

『其實這是我喜歡的小說中的一句台詞。

我想在碰到喜歡的人的時候使用這句話，所以就抄在學生手冊上了。

不過，這句話的確很像遺書耶。

啊哈哈！對不起！』

對著「美少女下跪的插圖」咂舌的人不是我，而是風城喔。

不過我也應該察覺才對，所以有在反省。

某次偶然找到那傢伙藏起來的ＢＬ小說，我明明剛好看了有那句台詞出現的那一頁。

結果到了現在才發現……

「那為什麼要傳給我！挑那種時間！」

「風城，坐下吧。不要拉我的衣服，答案在下一頁。」

『哎唷～因為風城同學完全不接我的電話～

我想說目前的狀況跟這句台詞感覺也很搭，於是就用用看了（笑）新買了雨傘或是鞋子也是會想要馬上用用看嘛！是一樣的意思♥

而且，傳了這個富有深意的台詞，我猜正經八百的風城同學一定會回覆我。只是沒想到我之後就死掉了ＷＷＷＷＷＷ

對不起溜！』

「…………………是嗎。」

啊啊……連風城也別開臉去了……

真是的，那個女人真的是個笨蛋。我是講真的。

簡單來說——

夢前光想要隱藏自己會死掉，是因為身為腐女這個愚蠢的理由。

結果風城卻以為她是因為飽受欺負之苦而選擇自殺，並被她發現風城打算為此復仇。然後我也把學生手冊當成遺書，擅自斷定她是自殺。

她想要澄清誤會，但是不想說出自己的死因。

她一個人承受孤獨，焦急地思考對策，結果事態變得愈來愈嚴重，最後風城揚言說要自殺。

走投無路的夢前光，才決定公開這個真相。

出櫃後的腐女是很強大的。

哈哈哈哈哈，哈哈，哈哈哈…………

唉……

這傢伙……連死掉的方式都這麼可愛。

「喂，風城，你至少看一下她的解釋。」

風城整個人意志消沉，像剛睡醒的鼠婦蟲一樣縮成一團。我翻開某一頁的日記給他看。這是夢前光努力想出來的安慰方式吧……應該吧。

『因為風城同學跟坂本同學都很帥嘛！

誰教你們是這麼有魅力的男人！

我的確因為被欺負而痛苦過。

可是，我想跟風城同學帶著笑容和好，所以讓我撐了下來。

雖然死掉讓我感到難過，但因為坂本同學的關係，讓我想要活下來。

因為有你們兩人在，無論多少次，我都會重新站起來的。

我最喜歡你們兩個人了！啾，啾！將這份愛傳遞給這兩個處男！
所以，我做出了結論，是你們兩個太有魅力的錯！
沒錯！沒錯！錯不在我！
好，透過小光心中的多數表決，裁定我無罪！
以上～！』

「…………………哼。」
風城露出不知該生氣還是該笑的表情。嗯，我能體會這股心情喔。雖然很想生氣——但被自己喜歡的女生這麼說，根本生不了氣。我也是……
「坂本。」
「怎麼了？」
「讓我揍你。」
「你揍明天的我吧。」
「……現在幾點？」
「四點五十八分。」
「原來如此，這是你的計畫嗎？」

「是啊，因為我沒辦法揍我自己。」

「如果是你那張臉，我應該可以毫不客氣揍下去。」

「拜託你了，在各種意義上。」

幸虧他是個頭腦機靈的傢伙。我感覺跟你臭氣相投，我們應該可以成為好朋友吧。

苦笑的我從包包中拿出黑色奇異筆。

「手伸出來一下。」

我在風城的兩隻手臂上滿滿地寫了一些話，只見風城臉上露出了一個溫柔無比的笑容。

『我已經幫妳做好準備工作了。接下來就輪到妳了，給我好好表現吧！』

這是我對她的小小報復。

我滿足地露出一絲促狹的笑容。

可能發現了我的意圖，跟我對上視線的風城輕笑道。

「坂本。」

「怎麼了？」

「你的人生感覺很快樂呢。」

「……是啊，快樂無比。」

接著，我仰望著窗外。

將手臂伸向雨中的那片狹小天空，手上戴著那傢伙送的手錶。

在彼端沉睡的，是我的太陽。

「離四點五十九分還剩十秒。」

我對臉上掩不住害羞的風城露出微笑。

接下來就交給你們了。

「我的另一半就拜託你了。」

接著，我死去了。

而她復活了——

Tomorrow, **I** will **die**.
You will **revive**.

CUT7

我將在明日逝去，只為了見妳一面

『看上面。』

「上面？」

我拿著筆記本抬頭看向天花板。

啊，天花板上好像寫了什麼。

『看右邊。』

「右邊……」

我將視線移到天花板右側，上面也有一段留言。

『打開衣櫃。』

「她打算幹嘛啊？」

很有那傢伙作風的惡作劇，一如往常讓我露出苦笑。

連日下雨過後，終於放晴的七月二十一日。

今天是暑假的第一天，地上灑落著積雨雲的濃濃陰影。

趁放假睡到自然醒的我，一如往常地被迫陪那傢伙玩遊戲。既然放假，我就陪陪她好了。

「呃，我看看，『我的寶物？想要的話就送給你喔！我將全世界的寶物藏在那個地方！首先去向妹妹說聲「早安」！』……唉。」

她還是老樣子，淨想這些無聊的把戲。

衣櫃裡貼著一張帶著廣島腔的海賊王留下的紙條，我看著那張紙條輕嘆了一口氣。

「是，是。」

我撕下紙條，走去洗手台準備洗臉。

吹進房內的風輕拂著我的耳朵，窗外的天空一片蔚藍，蟬鳴聲演奏著悅耳的樂曲。

「暑假啊。」

我一面想著這些事情，一面換好衣服，然後按照指示直接走到妹妹房間。我輕輕敲了一下房門，向她道早安。

「雪瑚，早安——」

「有靈感了————————！」

怎麼了！嚇死我了！

不要突然大叫！

「太讓人著迷了！彷彿就像是天堂！靈感如流水般源源不絕！果然哥哥最棒了！肯定會大大暢銷！」

妹妹對著桌上的電腦拚命拍打，一個人大喊著這些話。

「因為哥哥格外早起，讓我感到一股疑惑，於是就跟在後頭，結果哥哥不知為何跟風城先生吵了起來，之後還變成了女性用語，然後發展成男男之間的——喔喔喔喔喔喔喔喔喔喔喔喔喔喔喔喔喔喔喔喔！來了！哥哥果然最棒了！」

怎麼搞的，最近這傢伙的情緒好像有點不妙。因為從早到晚都是這副德性。

「喂，雪瑚……早安！」

「啊，哥哥！早安！今天雪瑚也狀況極佳！最近的雪瑚有點奇怪！」

喔喔，原來她有自覺啊，這真是太好了。話說回來，快把口水擦掉吧。

「對了，你有什麼事嗎？我現在有點忙！」

「喔，不，我只是來道早安而已。」

「哥哥難得專程來道早安——啊！」

妹妹像是想到什麼，停下了手邊的動作，然後從書桌裡拿出一只信封。

「嗯？這是什麼？」

「明明是你自己準備的。你忘了你拜託我早上醒來後把這個交給你嗎？」

喔，原來如此。原來是這麼一回事啊。

「謝謝。」

簡短道謝後，我離開妹妹房間，然後拆開信封。

裡面放著一張信紙。

『兩點在電子遊樂場約會！』

我稍微填飽肚子後，來到了附近的電子遊樂場。在停車場埋伏我的是那群傢伙。

「坂本先生非常感謝您！這份恩情我們一輩子都不會忘的！」

「「「「謝謝！」」」」

龐克頭率領的小混混軍團用渾厚的聲音喊著。

為了答謝他們扛下引開記者注意的重責大任，我答應要安排他們跟女生合照。不知從哪裡知道這件事的夢前光，擅自在今天安排了攝影會。

順道一提，龐克頭之後好像順利甩掉記者的追逐。地方報紙上用斗大的標題寫著「神祕龐克頭男，自殺未遂！」報導這名神祕男子所引起的騷動。拜此之賜，風城的自殺預告全部被歸到龐克頭男的頭上，最後沒有釀成大事。哎，他們頂著這麼顯眼的髮型，哪天遭到警察強行逮捕也不奇怪……

「啊，那麼按照順序排成一排…………真的好嗎？」

「好……好的，請盡量拍吧……」

出現了一位意想不到的人物。

是一位楚楚可憐的少女，辮子隨著夏風而搖曳，頭上別著閃閃發亮的橘色髮夾。

「好，笑一個。」

「喔喔喔喔喔喔喔喔！終於可以跟女孩子合照了啊啊啊啊啊！」

「恭喜你們。不……不過很抱歉讓你們跟我合照……」

站在龐克頭身旁害羞地露出笑容的竟然是小霞。

夢前光託給妹妹的紙條上寫了這件事。

『我們在討論龐克頭的攝影會，正為了女孩子的問題煩惱時，結果小霞主動跳出來說願意幫忙！這是為什麼啊？雖然不曉得原因，但這是你跟她和好的機會！』

與其說是和好的機會，照這個樣子來看……

「謝謝妳，小霞小姐！我會一輩子追隨妳！」

「…………嗯……要盡全力幫我喔……盡全力……盡全力。」

「是的！」

小霞的笑容感覺透出一股陰險，大概是我的錯覺吧。龐克頭，你或許正在踏上不歸路。

「那……那個，坂本同學……？」

「嗯？怎……怎麼了？」

「呃……作為這次的答謝，你下次願意跟我約約約約……會嗎……？」

「咦？啊，是，是啊，當然。」

「耶嘿嘿……太好了……」

應該說正如我所料嗎？

小霞開出的交換條件就是要我跟她約會。

她在胸前握緊拳頭的模樣十分可愛。

「我還是無法死心。我……我會努力讓你回心轉意的……」

「哈哈……」

小霞露出害羞帶但又帶著一股決心的笑容，對我做出宣告。看樣子會很棘手。

「坂本同學……」

「嗯？」

小霞抱著自己嬌小可愛的身體，視線朝上看著我說道。

「下……下次約會後……你記得考慮一下……要選第幾項喔。」

「咦！」

我傻楞楞地喊了出來，小霞則輕聲笑了出來。

她那張嬌羞的笑容讓我的臉上一陣燥熱，這件事我決定藏在內心，不告訴任何人。

我用側眼看著在旁邊興奮不已的龐克頭，思考著這些事情。

「呃……要傳簡訊給風城……」

攝影會順利結束後，小霞在道別前拿給我的紙條上寫著：**『傳一封沒有意義的簡訊給風城同學！』**這傢伙到底想讓我做什麼？

我隨便傳了一封簡訊給風城，在等待他回信的期間，我走在因為烈日照射而發燙的柏油路上。

前方是那條十字路口。

那傢伙死而轉生的地點。

可能因為天空變高的關係，看起來比以前還要寬廣。

當時沒有被沖盡的血，似乎已經隨著雨水流逝而去。

「——嗯？」

察覺到手機震動，我停下來尋找手機。

真快啊。

『忘了墓地的事情吧！你明明也說了丟臉的話！』

「哈哈。」

真抱歉啊，風城，你的那句黑歷史「我喜歡光的心意不會輸給人」將永遠握在我的手中。今後我也會適度運用的。

「咦？底下還有。」

我繼續閱讀底下的內容。

『對了，坂本，難得放暑假，要不要我們跟光三個人去旅行？』

「旅行嗎？」

我爽快地傳了答覆過去。

「遵命。」

內心湧上一陣笑意，同時我閉上了眼睛。

下雨的那一天，我完全不曉得風城他們之後發生了什麼事。

醒來後發現自己躺在床上。

桌上放著一本變得破破爛爛的筆記本。

只有在最後一頁寫了一句『謝謝』。

老實說光憑這樣根本無從了解詳細狀況，但既然風城傳了這種簡訊過來，我想事情應該算是平安落幕了。應該吧。

褪色的筆記本完成最後的任務，彷彿結束了一段旅程，我準備把筆記本放進抽屜裡時，也不忘說了一句「辛苦了」。莫名感覺到有股欣慰，讓我感到一陣欣喜，這件事我永遠都不會忘記吧。

「喔，來了。」

手機的震動打算了我的思考。

風城在回覆的簡訊上寫了『我會再跟你聯絡』，內容十分簡短。男孩子之間的信件往來差不多就是這種感覺吧。

正當我這麼心想時，發現最底下還有一行字。

『我不會輸的。』

「……哈哈。」

我仰望著天空，任憑風從高聳大樓之間吹拂過我的身體。

我用手擋住猛烈的豔陽，再次仰望著天空。彷彿會被吸進去一般的蔚藍高空。

白得醒目的雲朵在天空中閃爍不已，發出嗚嗚的低鳴。

這個聲音像在宣告夏天的到來。

「夏天嗎？」

好，我決定了。

回去後要寫在筆記本上。

叫她利用暑假去見陽菜子小姐。

理由隨便都好，去說出自己深藏在內心的話吧。一直被誤會，感覺不舒服吧。不要緊，之前被妳弄僵的局面，我已經出面幫妳打好圓場了。

「不用一直客套！」

就算已經死了，但妳們還是母女——

「好，這樣應該一切都能順利吧。」

「咦——」

突然有道聲音穿進腦袋，讓我的意識回到地面上。

我不禁懷疑起自己的眼睛。

在四周大樓林立，人車熙攘的大馬路上。

穿梭往來的行人後方有道模糊的影子，卻又看起來格外醒目。看見那個與太陽不相稱的人影，我只能感到驚訝。

因為，那傢伙是——

「嗨，你好嗎？」

「你是那個時候的……」

距離數公尺遠的另一端，站在那裡的是那個黑衣人。

那道黑影面向著我，在陽光的照射下彷彿正在融化。

「你似乎應付得還不錯，讓我放心了。再見。」

「不，等等！」

那道影子爽朗地向我敬完禮後，轉過身準備離去，於是我立刻叫住了對方。

沒想到還會再見面，我有一堆話想要對你說。你是什麼人？夢前光是怎樣附身在我身上的？沒有比一半壽命更好的形容嗎？可是，可是——我最想說的是……

「謝謝！」

「……唔！」

在夏日的烈日下融進人群中的那道飄渺影子，我對他說出了這句話。

本來就應該道謝吧？我失去了一半壽命，可是，我可以很有自信地說，我的人生之後一定也會過得相當精采。只要可以跟這個在我生命中不可或缺的人一直在一起——

「……沒想到你會對我道謝，是因為長大了嗎？」

「託你的福。」

「不過你只有現在能夠說這種話，因為沒人曉得未來會發生什麼事。」

「……我拭目以待。」

「真敢說啊，選你果然是正確的。」

因為罩著外袍的關係，我看不見他的表情，那個與死氣沉沉的打扮格格不入的清澈聲音聽起來蘊含著笑意。原來你是這種人嗎？不是應該更陰沉一點嗎？雖然由我說感覺怪怪的。

「坂本先生，再見了，希望下次還有碰面的機會。」

「等一下，既然機會難得，你就回答我一個問題吧。」

我叫住準備離開的黑衣人。

這件事我非問不可。

「為什麼選了我？」

「……………」

我對著那個背影開門見山地問道。
片刻沉默過後，那傢伙開始緩慢說道。
「你想知道？」
「算是吧。」
「你經常說想死吧？」
喔，我好像常說。可能變成了口頭禪。
「可以用因為你講了超過一萬次這個當理由嗎？」
「給我認真回答！」
「哈哈哈！」
他的笑聲劃過天際。
在白雲的襯托下，黑影顯得格外顯眼，莫名有股懷念的感覺。
「是那個女孩子這麼希望的，單純只是因為這樣。」
「啊？」
「你不是跟她約好了，說要保護她？」
「…………」
那是——

「單純只是因為這樣。這次真的要說再見了。」

話一說完，黑衣人轉身邁開步伐。

搖晃著不符季節的，彷彿在哪看過的圍巾。

「…………嗯嗯……？」

我為了充滿謎團的那句話皺著眉頭低頭思索時。

突然吹來的最後一道春風，捎來了一個清澈的聲音。

──對了，你不剪頭髮嗎？太長了喔──

「咦──」

我下意識抬起頭，眼前是在熱氣中搖曳的人潮。

大樓反射著夏日的豔陽，阻擋了我的視線。

「……啊？」

我一臉苦澀地向消失的黑影道別。

頓時感到熱了起來，可能是因為某個人的關係。

「……結果回到家來了。」

我站在自家前洩氣地垂下肩膀。

風城之後又傳了一封簡訊。

『對了，光要我寄這封簡訊給你。我已經確實寄出了喔。』

上面寫了這段話。

『打開書桌的第二格抽屜！』

下面還有這麼一段話。我是為了什麼一直在繞圈子。

我無精打采回到房間，坐在椅子上。呃，是書桌的第二格抽屜吧？

反正她一定是設下了無聊的惡作劇，我不帶期待地拉開抽屜——

「————啊。」

我倒抽了一口氣。

不禁懷疑起自己的眼睛。

裡面放了一封信。

樸素的信封與信紙，與小時候與筆友通信時用的一模一樣。

「難不成——」

我用顫抖的手拆開信，然後閱讀著上面的內容。

『你好嗎？

因為突然想起往事，於是我寫了這封信。

如果你能夠回信的話，我會很開心。

你還記得我們的約定嗎？

宮本春美』

…………………

…………

那封信的底下放著夢前光留下的紙條，上面寫著：**『你那位筆友寄信來了喔，抱歉我擅自偷看了～你可要好好回信給人家。』**

「感覺宮本給人的印象改變了呢。」

時隔多年，再次看到她的字，感覺與救起溺水的我那時截然不同。

戴著髮箍的短髮少女宮本，在露營場救了因為耍帥而溺水的我。原本給人的印象是充滿朝氣的開朗少女，是升上高中後改變了形象嗎？不過信本來就可以隨自己開心去寫。印象中她是去念了關西一所知名升學學校吧。雖然忘了名字，但記得分數要求很高。因為許久沒有跟她聯絡，久違地收到她的這封信讓我不禁高興了起來。

同時，我感到有些失落。

「……應該沒有這麼巧吧。」

我想起了剛剛黑衣人說的那些話。

——是那個女孩子這麼希望的，單純只是因為這樣。

——你不是跟她約好了，說要保護她？

「………」

聽到那些話時，我一瞬間懷疑夢前光會不會就是宮本。

可是，怎麼可能會有這種事。

信封上寫的寄件人住址是在關西，而且她們的名字完全不一樣，不可能是同個人。

「要回信給她才行。」

我邊說邊小心翼翼將信摺好，收進抽屜裡。我可能還會拿出來看吧。

好，這件事先擺到一邊。

夢前光留下的紙條還有後續。上面有段感覺會讓我疲勞爆增三倍的留言。

『來了，來了，即將揭開這個大祕寶的真實面貌………就是與至今認識的朋友之間的繫絆！咚！』

「咚什麼！讓我這麼疲於奔命，結果只有這樣嗎？」

我一瞬間感到氣憤，但似乎是多此一舉。

『以上是騙你的，我終於完成了白色拼圖！鼓掌！』

「喔，都忘了還有那個拼圖。」

我對那個令人懷念的名稱露出苦笑，然後拿起放在房間角落的白色拼圖。

上面有這麼一段話。

『為什麼露內褲會害羞，穿泳裝卻不會害羞。

換句話說，問題不是出在裸露的面積多寡。

我覺得內褲是在追求看不見的美學。

啊，所以坂本同學是內褲星人。

杜斯妥也夫斯基！』

讓人一頭霧水的一段話。

如果角落處沒有寫著**『縱著看！縱著看！』**，差點就要被我丟進垃圾桶了。

「真長的密碼耶。」

我在那個愛心符號的資料夾輸入那串文字**『我真正的心意』**，然後打開了資料夾。

裡面只有放著一個文字檔，除此之外別無他物。於是我點開了那個檔案——

「咦——」

我頓時失去了言語。

沒想到竟然會——

喚醒了一個雪白的記憶。
那天站在河川對岸哭泣的女孩子。
長長的黑髮閃爍著光輝，筆直地注視著我的另外一名少女。
腦海中閃過她抱著熊貓布偶，泛著淚光的模樣。
與露營場格格不入的雪白洋裝。
模糊的記憶變得輪廓鮮明起來。
——北極星公主，我現在就去救妳！賭上我Autumn Moon的名字！說定了喔！
我沒有救成的那個——

『謝謝你救了我。
致我小時候的英雄Autumn Moon。
北極星公主』

響起了我不曾聽過的聲音——那傢伙的促狹笑聲。
應該是我的錯覺吧。

後記

我有個習慣，無論是小說還是作業，我都習慣從最後面開始寫，因此讓謝辭占了過多版面，結果自我介紹只有簡短幾個字，懇請各位原諒。我是個不會考慮先後順序的人。

初次見面，我是藤まる。

這次幸運榮獲第十九屆電擊小說大賞金賞，並正式出道。

以上是我的自我介紹。

接下來要感謝協助完成這本小說的各方人士。

首先是H_2SO_4老師，感謝您繪製了如此精美的插圖。

我因為改稿不順而沮喪時，編輯部送來了您的插圖，彷彿讓我注入了幹勁，渾身充滿了力量。託您的福，我才能夠堅持到最後一刻，將這本小說完成。因為時機挑得太好，讓我沉浸在您的慈愛之中，忍不住想喊：「媽媽！」

接著是責任編輯。感謝您提供我精湛的建議。

老實說我沒有自信，自己是否有達到您的要求。不過我有按照您的期望，在改稿時將妹妹的戲分增加到兩倍之多。我相信在這方面應該是有滿足到您才是。我們在討論完全不相干的劇情時，您突然冒出一句：「雪瑚真是一個好名字！」讓我不禁心想「挑在這個時候說！」暗地裡感到驚訝不已。因為時機太過不可思議，讓我感受到您對妹妹滿滿的愛意，忍不住想喊：「哥哥！」

然後是電擊大賞的所有評審。非常感謝各位頒給我這個偉大的獎項。因為這個喜訊是在我被私生活逼到絕境時捎來的，讓我對未來重新湧現了希望。不好意思用三段式搞笑梗的方式結尾，但那個時機彷彿是神降臨一般。毫無疑問是神。沒想到會在這個世上遇到神，我今後也會默默在內心膜拜。

最後，至今仍讓我難以置信，我要鄭重向幫我寫推薦文的蒼山ザク老師獻上萬分感謝。感謝您在百忙之中抽空提筆。（註：文中所指的皆為日文版的情形）

我在寫這篇後記時，還沒有機會閱讀到推薦文，但我相信一定是一篇充分顯露出作者美好一面，精采萬分的文章。我感到十分期待。

今後我也會在媽媽、哥哥、眾神的支持下，繼續努力。那麼，請容我先寫到這裡。

藤まる

Kadokawa Light Novels

丹特麗安的書架 1~8

Kadokawa Fantastic Novels

作者：三雲岳斗　插畫：Gユウスケ

這次是黑之讀姬妲麗安
找尋夾心餅乾與青蛙繪本的冒險！

某天，卡蜜拉帶著抹了豐厚奶油的超人氣罐裝夾心餅乾「羅西提」前來拜訪妲麗安與修伊。罐子裡還附了一本以青蛙為主角的小巧繪本，餅乾附贈的繪本全部共8種，不開罐就無從得知會開出哪一本。為了尋求「羅西提」，妲麗安穿梭於幻書間展開冒險……

台湾角川

各NT$180~200/HK$50~55

國家圖書館出版品預行編目(CIP)資料

我將在明日逝去,而妳將死而復生 / 藤まる作；
噓子譯. -- 初版. -- 臺北市：臺灣角川, 2014.04-
　冊；　公分
譯自：明日、ボクは死ぬ。キミは生き返る。
ISBN 978-986-325-899-5(第1冊：平裝)

861.57　　　　　　　　　　103003490

Kadokawa
Fantastic
Novels

我將在明日逝去，而妳將死而復生 1

（原著名：明日、ボクは死ぬ。キミは生き返る。）

2014年4月29日 初版第1刷發行
2020年1月20日 初版第4刷發行

作者：藤まる
插畫：H_2SO_4
日版設計：荻窪裕司
譯者：噓子

發行人：岩崎剛人
總經理：楊淑媄
資深總監：許嘉鴻
總編輯：蔡佩芬
編輯：吳欣怡
美術設計：黃永漢
印務：李明修（主任）、張加恩（主任）、張凱棋

發行所：台灣角川股份有限公司
地址：105台北市光復北路11巷44號5樓
電話：（02）2747-2433
傳真：（02）2747-2558
網址：http://www.kadokawa.com.tw
劃撥帳戶：台灣角川股份有限公司
劃撥帳號：19487412
法律顧問：有澤法律事務所
製版：尚騰印刷事業有限公司
ISBN：978-986-325-899-5